中公文庫

書かなければよかったのに日記

深 沢 七 郎

目次

書かなければよかったのに日記

初刊本まえがき

流浪の終点は死である。ボストンバッグを一つ持って出掛ける。自分の部屋から出て行く。ベビーダンスや本棚から離れること、持っているものから離れるのだ。それから家族や友人や貯金通帳とも離れるのである。なんと素晴らしいことだろう、裸で生れてきたのに生きているうちにいろんなものが纏《まと》いついてしまう。それは、ダニだ。持ち物、家族、友人、ダニだよ、流浪はそのダニから離れることが出来るのである。

私は埼玉の農村に引越してきた。たんぼの中の一軒家に住んでいるのだが、そこの道を誰《だれ》かが通っていく、私の目の前に誰かが訪れる。それは私自身が流浪していることなのだ。ぐるぐるといろいろ現れては消えて行くのだ。生きているかぎり私の流浪はつづくだろう。

昭和四十二年二月　　深沢七郎

流浪の手記

1

チンピラというのは若い不良のことで、世間では嫌っているらしい。が、私はこんどそんな人に救われたのだった。救われたというのはちょっと変だが、慰められたり、激励されたりして生きてゆくことをすすめられたのである。それは、はたして救われたことになるだろうか？　と疑問を抱いたりしたが、とにかく私は生きることを続けてただわけもなく歩きまわっていたのだ。

「おじさん、何をしてるんだ？　そんな花ばかりむしって」

と私はチンピラ風の若者に話しかけられた。ここは、北海道で、石狩川が海にそそぐ石狩浜だ。私はさっきからこの浜に咲き乱れている北海道の花——ハマナスの花びらをむしっていたのである。あでやかな、濃い、明るいピンクの大きな花びらは、甘い甘い香りなのだ。

「いや、なんでもないが、ただ、いい匂《にお》いがするから」

と私は言って両ポケットに一杯つめこんだ。海岸では寒くてふるえながら泳いでいる人たちの騒ぎもときどきしか聞こえない。私はここへなにしに来たのだろう？　私はある一人のヒトに会うために来たのだ。その人の名も知らない、住所も知らない。ただ「石狩の人だ」ということしか知らないのだ。私はその人をたずねて、会って、自分の名を知らせて、その人に殺されよう、と来たのだ。

あの忌わしい事件——私の小説のために起こった殺人事件に私は自分の目を疑った。何もかも私の書いた小説の被害ばかりなのである。諧謔《かいぎゃく》小説を書いたつもりなのだが殺人まで起こったのである。そうして私は隠れて暮すようになった。警察では再び事件の起こらないようにと私の身辺の警戒までしてくれた。それは何が悪いとかどちらが悪いとかいう理由ではなく、不穏の事件が起こらないように、未然に防ぐためなのである。そうして私は都内の某氏の家に身を寄せて、二人の刑事さんと五匹の犬と隠されるように日を送った。これも私は自分の目を疑った。もし私に危険が迫った時は、その警察の方々まで犠牲になるかも知れないのだ。いや、私よりも、もっと危険なのである。これは重大なことで、その方々は私とは違って妻子もある一家の主柱の人なのだ。独身の私と比較したらその方々の生命の方がずっと尊いはずなのである。それに私は事件の原因を作った責任者なのだ。私以外の人はみんな被害者で、殺人を起こした少年も私の小説の被害者だと私は思うのである。

それから私は旅に出た。京都、大阪、尾道、広島。東北は裏日本を通って北海道へ来た。目的も、期間もない旅なので汽車に乗ったり、バスに乗ったりした。靴はすぐ足が痛くなるので下駄で歩いた。北海道はほとんどバスか徒歩だった。函館《はこだて》、札幌、旭川《あさひかわ》、稚内《わっかない》、釧路《くしろ》と歩きつづけた。私はなんのために歩き回ったのだろう？　あてもないようだが無意識のうちに私はある人を求めていたのかも知れない。その人の名も、住所も知らないのに。

北海道に来た時、広い草原を眺めて私は、

「そうだ、ここで」

ときめた。小説が発表されてから私宛《あて》に来た脅迫状は百通に近かったそうである。私の家——私は弟の家に寄宿していたのだが——に配達されたが、私はいないし弟の家族も移ってしまって、私宛の手紙は警察関係の方へ回っていたのだった。ただ、私が知っていることは「北海道からは、ただ一通だけだ」ということだった。これも、私かなり後で耳にしたのだし、それも、思い出すように聞いた言葉だった。ただそれだけしか知らないのだ。

2

札幌に来た時はスズランの花がさかりで街の角では一把《いちわ》十円の束や二十円の束を花売りが売っていた。それからラベンダーの花も花売りの籠《かご》の中で見とれたし、海に近い道ではハマナスの花がどこにも咲いていた。ここは、高山の花のように色がきれいで、朝鮮朝顔などと別名があるツクバネ草——私は好かない花だが——まで美しい色なのである。

「そうだ、ここで、この美しい土地を」

と私は力づけた。その美しい北海道で唯《ただ》一人の脅迫状を書いた人——その人さえ満足すればここは暴力のない所になるのだ。(その人さえ満足すれば)と私は考えたのだった。それ程、私は北海道が好きになったのだ。

旅でも私は警察の方と一緒だった。勿論《もちろん》、私のそんな気持は警察の方々には話さなかった。

名も知らない、住所も知らないその人を探して、ただ、私はその人の住んでいる所に行けば、いや、その人の住んでいる方向に向ってさえいればよかったのかも知れない。そうして私は石狩へ来たのだ。石狩では一週間も歩き回った。その人が住んでいる土地だと思うと、私の心はなんとなく離れたくなかったのかも知れない。これは私だけしか知らない気持で、私は死場所を求めているのかも知れない。

「おじさん、その花の実を食べれば狂人になるぞ」

と、そのチンピラのような若者が教えてくれた。気がついたら私はいつのまにかチンピラの人のそばに並んで腰をおろしていたのだった。浜はすぐそこで、丘のような起伏の海岸はハマナスばかりが生えているのだ。このチンピラのような若者――チンピラなどと呼ぶのはいけないから彼と呼ぼう――彼に逢《あ》って私は陽気になった。彼は私に話しているのではなくひとりで言っているらしい。が、私は話相手が欲しくなっていたらしい。

「どこから来たのですか？　あんたは？」

ときいてみた。

「ハコダテからだよ」

と返事をしてくれたので、

「函館はいいところだったなァ」

と私は言った。

「よくないよ」

とツバでも吐くように言うのだ。

「連絡船が着いたり、景色がよかったよ」

と、また私が言うと、

「そうかァ、いいところだったかい、そうだなァ、いいところだな」

と言うのである。彼は自分の住んでいる所だというのに函館の様子を知らないらしい。そのうち、

「ハコダテに帰るかなァ」

と言いだしたので、私は不思議に思った。

「函館から来たのでしょう？」

ときくと首をふって、

「ハコダテはヤバイからな」

と言うのだ。

「函館には自分の家があるのでしょう？」

ときくと、

「うん、あることはあるけど、自分の家なんかへ帰りゃしないよ。俺《おれ》のうちのところは修道院の方で、つまらないよ」

と言うのである。ここで私は修道院という言葉を聞いて有名なトラピストの修道院のことを思いだした。が、あの有名なトラピストの修道院は北海道だときいているが、どこだろうと思ったので、

「有名なトラピストの修道院は、どこにあるのですか？」

ときくと、

「そのトラピストだ。ハコダテにあるんだ」

と言うのである。

「エッ、その修道院ですか」

と私は驚いた。（ハコダテにあったのか）と知ってそんな近くにあるならと、私は急に修道院へ入りたくなった。

「修道院も、オトコの修道院があればいいけどなァ」

と私がブツブツ言うと、

「オトコのだってあるぞ、トラピストは」

と言うのだ。

「そうかァ、オトコの修道院もあるのかァ、それじゃァ、俺もはいろうかなァ、修道院へ」

と私は騒ぎだした。いますぐにでも私は入りたくなったのである。が、彼はニヤッと笑って、

「修道院なんか、ヤバイぞ、とてもつまらないところだぞ」

と言うのである。修道院と言えば、きれいな白い服を着て、胸に十字をきって、お祈りをして、映画のような日を送っていると思うので、

「どうして？　ボクは好きだなァ」

と私は騒ぐように言った。

「どうかな、毎朝二時からたたき起こされて、めしも食わせなくて働かされて、ヤバイところだぞ。そのほかに神様にお祈りをしなければいけないのだぞ。とても、お祈りなんて出来ないよ」

と言うのだ。

「ほんとうですか?」

と念を押した。

「あゝ、俺はよく知ってるよ、そのそばでおおきくなったんだ。刑務所よりツライところだ」

と言うのだ。彼は函館のことをよく知っているらしい。

「なーんだ、それじゃァダメだ」

と私はがっかりして、修道院へ入ることは嫌になってしまった。

3

かなり長い間、彼と私は話し合った。彼はパチンコ屋で働いたり、景品買いやポン引きなどもしたことがあるそうである。

「泥棒はしない方がいいよ、泥棒は損の商売で、捕まると割に合わないよ」

と私は言った。刑事さんと暮したので私の方がよく知っているのだ。

「そうかなァ、泥棒は損かなァ」

と彼は信じられないようなロぶりである。そんな風に思っているなら（このヒト、将来、泥棒でもする気じゃァないか）と私はツマラナクなってきたので黙っていた。それから彼は立ち上がったので私も立ち上がった。彼が歩きだしたので私も歩きだした。

「どこへ行くのですか？」

ときいた。

「札幌へ帰るんだ、バスへ乗るんだ」

と言うので、私も札幌へ行くことにした。

「ボクも札幌へ行くのですよ」

と私もついて行った。私はどこへ行ったっていいのである。この十日ばかり前から警察関係の方々とは別れていたのだった。

その晩——十日ばかり前のことだった。私は急にひとりぼっちになりたくなったのだ。それは、苫小牧《とまこまい》の街を歩いていた時だった。夜の街にレコードが聞えてきて、その歌は私を責めつけるように響いてきたのである。その歌のギターの音も私の胸をかきむしったのだ。久しぶりのギターの音で私の身体は痙攣《けいれん》を起こしたのだ。それは楽しい痙攣ではないのだ。恐怖にふるえた痙攣だ。

夜がまた来る、思い出連れて
俺を泣かせに足音もなく……
恋に生きたら、楽しかろうが
どおせ死ぬまで、シトリ〱ぼっちさ

この歌が聞こえてきて、私は突然ひとりぼっちになりたくなったのだ。私を護《まも》って下さる方々には申しわけないのだが、私は突然、走りだしたのだ。それは駅の方で汽笛が鳴った時だった。北海道は石炭をたく貨車が多い。煙を吐く音と汽笛の音は私の幼い時の、あの時の記憶を呼び起こしたのだ。

「ポオーッ」と響く汽笛の音で私は走りだしたのだった。あれは遠い日のことである。私は停車場でこの汽笛の音を聞いて突然走りだしたのだそうである。母がよく話してくれたのだが、その時、走りだした私は幼児のようではなくおとなが追いかけても捕まえられなかったそうである。そうして私は大声で泣きながらまっしぐらに走ったのだそうだ。私の記憶はただポオーッという汽笛の音で耳がガーンと鳴って天に大きな怪物が——きっと雲だろう——両手を拡《ひろ》げてこっちを睨《にら》んでいたのを夢のように瞼《まぶた》に写しているだけである。「一里も飛んで行った」とよく聞かされたものだった。「すぐあとから、追いかけて、いくら呼んでも振りむかなくて」とよく聞かされたものだった。そうして私は苫小牧でその時と同じように走りだしたのだった。さすらいの唄《うた》のギターの音を聞いて呆然《ぼうぜん》となっていた私は耳を裂くような汽笛の音で走りだしたのだった。私が走ったので警察の方々も同時に走った。そうして私はすぐ追いつかれたのだった。足が折れるように痛い程疲れて、すくんでしまうところを両脇《りょうわき》からささえられたのだった。ハッハッと苦しい呼吸はいつまでも続いてトギレトギレに私は話したのだ。

「よくわかりました」

と二人の刑事さんは言ってくれて、それからまもなくひとりぼっちになったのだ。

「当分の間かげながら……」

そう言ってくれて別れたのだが、私が今まで警察の方々から受けた好意は一生涯忘れないだろう。好意などという簡単なものではなく、もっとちがう質のものだ。職務かも知れないが、それより深いものなのである。事件は私から起こったのだから、私は護ってもらうどころかその反対なはずで、これも私は心の底では苦しまなければならないのだ。

4

私はチンピラの彼とバスに乗り込んだ。バスは石狩街道をまっしぐらに突っ走って札幌についた。彼は大通りのベンチに腰かけたり、歩いたりして私もそのあとをついて歩いた。大通りの真中は芝生や花壇になっていて、屋台店が並んでいた。歩きながら、私は牛乳をのんだり、アイスクリームを食べたり、リンゴやユデ玉子を食べたりした。私は屋台店で買うのが好きなのだ。それに、歩きながら食べるのは（なんてノドカなことだろう）と思う。

「風呂《ふろ》へ行くんだ」

と、突然彼は言った。

「ぼくも行こうかな？」

と言うと、彼は返事をしなかった。返事をしないはずで、それから少したつと彼の姿は見えなくなってしまったのだった。きっと、私と一緒ではつごうの悪いことがあるのだろう。

ひとりになるとちょっと淋《さび》しくなったが、すぐ、肩の荷をおろしたように身軽くなったのはやはり私はひとりぼっちが好きなのだろう。札幌は菊水西町の方に安い宿があって、それから私はそこが住所になったように泊っていた。この頃《ころ》から私の持っている金が少なくなったのに気がついた。金は百五十円しかないのだ。それからは持っている物を売ったのだった。

青森の十和田湖の宿に泊った時だった。宿の自転車を借りて散歩に出て、急坂を下って行った時だった。曲り角から不意にトラックが上って来たのだった。あわててブレーキに力を入れたが自転車はとまらないのである。トラックをよけて私は崖《がけ》の方へハンドルをひねった。二メートルばかり転がって、私は起き上がらなかった。(このまま死んでしまうだろう)と思ったのか、起き上がるのが面倒臭くなったのか、とにかく私は(どっちでもいいや)と思ったり(どうにでもなれ)と思ったりしていた。トラックに乗っていた人達が随分心配してくれて起こしてくれたのだが、傷はかすり傷ばかりだった。

その時、持っていたカメラはガタガタするようになって、菊水西町に泊っている間に売ったのだが、三千五百円になった。腕時計は国産だが五百円になったし、ワニ革のバンドは高級品で新しく買えば一万五千円ぐらいはするそうである。これは安くしか売れなく二百円にしかならないのである。貰《もら》ったバンドだから、いくらでもいいのだが、かわりに七十円のバンドを買ったので百三十円にしかならなかったわけである。京都の八十円ストアで買ったペンダントは五十円に売れたので、これは儲《もう》けたようなものだった。みんな他の泊っている人達に売ったのだった。「買わないか買わないか」と手にぶらさげて騒ぎ歩いて、そのたびに必ず売れたのだった。売る物がなくなって、心細くなって、東京へ知らせれば東京には私の持物を売れば今年中ぐらいは平気にすごせるのだが、「金を送ってくれ」などと手紙を出すのが嫌だった。嫌だというより面倒臭かったのかも知れない。金がなくなって、じーっとうごかないでいるのは風雪にたえているのと同じで勇者になったような気がしていた。そのうち、同宿の人夫で「血を売りに行く」という話をきいたので、

「ボクも血を売ろうかなァ」

と言うと、

「行くかァ？」

と言って連れて行ってくれそうである。

「血を売るのはむずかしいですか？」

ときくと、

「カンタンだよ、ハンコさえ持って行けばイイ」

と言うのだ。

「その、ハンコがないですよ」

と言うと、

「そうか、誰《だれ》かのを借りればまにあうよ」

そう言ってハンコを借りて来てくれた。「高橋」というハンコで、私はそれを持ってその人夫の後について行った。「円山の方で血を買ってくれる所がある」と言って市電に乗った。四丁目で①番の電車に乗り代えて行ったのだが、平屋のようなビルで、血のような色で「血液銀行」と毒々しく、大きな字が書いてあるのが恐ろしいようにも見えるのである。玄関に「献血の場合は正面玄関から、供血の場合は裏口から」と書いてあって、私達は金が欲しいから裏口へ回った。立派な建物だが待合室へ入ると汚らしく、ここは私と同じように血を売りに来た人が十人ばかりいるのである。チンピラ風の若者、人夫らしい人、黒靴で背広でネクタイもしめている立派な紳士もひとりいるのだ。スポーツ新聞を読んでいて私の方など見むきもしない。私ばかりがあたりを見まわしているのは（初めて来たようで）と恥ずかしくなった。（慣れてるように思われなければみっともない）と私は堂々とその人の横に腰をかけた。

「あそこへ行って申し込んで来いよ、初めてだからと言って」

と一緒に来た人夫は受付の方へアゴをむけて言うのだ。さっと私は立ち上がって受付へ行ったのである。そこで、名前と年齢と職業を書くのだがハンコが高橋なので高橋貞造と書き込んだ。名を考えておかなかったのでとっさに近親者の名を書いたのだった。年齢は本当の生年月日を書いて、職業は植木屋と書き込んだ。私は植木屋が好きで、植木屋の友人もあるし、私は植木屋になりたいとよく思うことがあるので、この職業を書いて嬉《うれ》しくなった。番号札をもらって待っていると、

「57番さん」

と呼び出された。そうして私は別室で腕から血をとられたのである。「痛いなァ〳〵」と騒いで待合室に戻って来て、一緒に来た人夫に、

「血なんか売ってバカをみたよ、あんなに痛いことをされるとは思わなかったよ」

と訴えた。人夫はカッと目を大きく開いて、

「いまのは血を売ったんじゃないぞ、少し取って血液型を調べただけだ。本番はあんなものじゃないぞ」

と言うので、

「エッ」

と私は怖くなった。

「本番はもっともっと太い針でとるぞ」

と言うのだ。

「本当ですか」

と私は言って血を売るのを止《や》めることにしたのである。一人で、すぐ帰って来てしまったのだが、電車賃と痛い思いをしただけ損をしたのである。そうして私は帰りにタバコを買ったりアイスクリームを食べたので、金は四十円しかなくなって、東京から送金してもらうことにきめたのだった。

5

手紙を出しても往復一週間はかかるので、金を借りに行くことにした。北大近くにO氏がいて、まだ逢ったことはない人だが、私の持っている文芸手帳に住所が控えてあった。北海道に来たらまず一番先に挨拶《あいさつ》に行かなければならないO氏だが、私はなるべく行かないで北海道を去るつもりだった。私は自分の名を知っている人に逢うのが嫌でたまらなかったからだ。嫌というより、苦しいのだった。それにO氏のように教養のある人は苦手だった。

O氏は不在で、教え子だという学生のような紳士のようなサラリーマンのような青年がいて、私は本当の名を告げて、

「ちょっと、お逢いしたいのですが」

と椅子《いす》に腰をおろした。金を借りに来て、相手が留守で、それで帰って来てしまったのではツマラナイ。待っているのもツマラナイけど、我慢して待っていることにしたのである。

「北大の中はもうご覧になったでしょう」

と私は言われて、

「まだ、この辺に来たのは初めてです」

と答えた。菊水西町には長く泊っていたが、北大辺に来たのは初めてである。

「ポプラ並木は？」

と言われて私はハッとした。（そうか、絵葉書にある有名なポプラ並木は）と、その口ぶりではこの辺にあるらしいのだ。

「あの有名なポプラ並木は……この辺にあるのですか？」

ときいた。

「北大のなかですよ、ご案内しましょう」

と言われて、私は勢がよくなった。思いがけなく見ることが出来るので儲《もう》けたような感じである。そうして私は北大の中を歩いた。巨木の庭は雄大で学校の庭のようではなく、アメリカ映画の西部劇に出て来るような場面と同じである。芝生の中は誰でも入っていいし、寝ころんでいる人もいるのが、たまらなく羨《うらや》ましい。

「これが、クラーク博士の胸像で、あちらがクラーク会館です」

と言われて私はまたハッとした。こないだ「クラーク会館で札幌のギター愛好者達の音楽会がある」というポスターを見た時、「クラーク会館って、どこですか？」と聞いたが、同宿の人は誰も知らないのである。隣りの家畜病院の息子さんがギターを弾くというのでそこへ聞きに行った時だった。クラーク会館の場所は教えてくれたが、「四丁目で電車を乗り換えて」というところまで聞いて、そこで面倒臭くなったので行くのをやめてしまったのだ。大体、私にはクラークという名も覚えにくいのである。(パンならクラッカーだけど)と思ったので、

「クラークというのは何のことですか？」

と、私はこの外国語の会館の名が珍しかった。会館の名なら、セントラルとか有楽座だとか、日比谷劇場とかいう風に地名が多いのに、クラークという特別の名は意味がわからないのだ。

「クラーク博士のことですよ、有名な——青年よ、志大なれ——と言ったクラーク博士のことですよ」

と息子さんではなく院長さんが横から大きい声をだして教えてくれたのだった。私はいま、O氏の弟子に、そのクラーク博士の胸像を指さされて、これは、私の知って

いる名の人が現われたのと同じなのでびっくりしたのだった。

「これがそうですか」

と私は言って、

「あの、有名な、青年よ、志大なれと言った」

と、ちょっと、私は、知っているということを自慢したくなったのである。それから、

「このヒト、いま、生きているのですか？　死んでいるのですか？」

ときいた。

「いまは生きていませんよ、明治時代の人ですから、北大を開いた恩人です」

と教えてくれた。（死んでいるんだナ、それなら悪口を言っても差しつかえないだろう）と思ったので、

「ツマラナイことを言ったものですねえ、クラーク博士は、ココロザシ大ナレなんて、そんなことを言う人は悪魔のような人じゃないですか、普通の社会人になれというならいいけど、それじゃァ、全世界の青年がみんな偉くなれと押売りみたいじゃァないですか。そんなこたァ出来やしませんよ。そんな、ホカの人を押しのけて、満員電車

に乗り込むようなことを」

と言うと、その青年のような紳士のようなO氏の弟子は顔の色がさーっと変わった。

「そんなことはないですよ、クラーク博士の言われたことは」

そう言って、ボーイズ、ナントカナントカと外国語になって、それから、

「少年よ、大志を抱けというのは、訳が、クラーク先生の言われたことと、少しちがうのではないかと私は思いますよ」

と言うのである。(そうか、それなら悪口を言ったってツマラナイ)と私は思った。

私はそんなことより、このヒトが怒ったような顔つきをしているので心細くなった。

そんなことはどちらでもいいので、せっかく案内してくれたのに感情を害してしまったようで、これは失礼なことを言ってしまったのではないかと気がついた。(早くなんとか、気分をよくしなければ)と途方にくれた。なんでもいいから、うまく言えばいいと思ったので、少しまをおいて、

「いや、偉い人ですね、クラーク博士は。あのクラーク会館もいいですねえ、演奏会なんかもあるそうですね」

と私は大きい声で言った。すぐに相手は喜んでくれて、

「偉い方ですよ、クラーク博士は、北海道を去る時に、見送って行った弟子達が〝センセイ、私達のために、何か、ひとことを〟と泣いて別れを惜しんだ時、クラーク先生は馬から降りて〝少年よ大志を抱け〟とおっしゃって」

6

それを聞いているうちに私は大坂城を追い出された片桐且元《かたぎりかつもと》が長柄堤をトボトボ馬で去って行く光景を思い浮かべていた。若い木村長門守が馬を走らせて〝待って下さい、もしも、関東方とお手切れになった時は〟と言うと、片桐且元は馬から降りて〝ワタシがいなくなったあとは真田幸村どのに〟と泣いて教える光景を思い浮かべていた。そうして、やっぱり、クラーク博士も（追い出されたらしい）と思ってしまった。

「追い出されたのでしょう、クラーク博士も」

ときいた。

「いや、そんなことはありません」

そう言って、その青年紳士はそれで話をやめてしまった。(変だな、クラーク博士も、泣いて別れるぐらいなら北海道から去って行かなければよいのに、きっと、去って行かなければならないような事情があったのにちがいない) と思った。

「片桐且元が、大坂城を追い出されたのと同じでしょう? クラーク博士は」

と言ったが、

「…………」

青年紳士は黙っているのだ。急にむッつりされてしまったのはキモチが悪い。(どうもいけないナ) と思った。菊水西町では同宿の誰とでも面白く話し合うのに、こういうところへ来ると (ダメだナ) と私はあきらめてしまった。が、黙ったままでは申しわけがないような気がするし、O氏が帰って来なければ私はコノヒトに少し金を借りて帰ろうと思うのである。

「たいしたものですねえ、クラーク博士は、クラーク会館も立派ですねえ」

と話しかけた。

「そうです、いろいろ設備があって、喫茶店も理髪店もありますよ、映画もやる時もあります」

と教えてくれて、クラーク会館の喫茶室でコーヒーをご馳走《ちそう》になって事務所へ帰ってくると、O氏も帰っていた。逢うのは初めてだが、O氏の奥さんは私の親類のような家の娘さんである。私が来たのを喜んでくれて、

「ゆっくり札幌を見物して下さい。うちへ泊りなさいよ」

と言ってくれたが、私は菊水西町の宿の方がゆっくり出来るのである。(早く金を借りて、帰ろう)と思うが、すぐ言い出せないのだ。(待ってろ、待ってろ)と自分に言い聞かせるようにして待っていると、私は肩がはったように疲れて来たのだった。(眠くなるナ、眠ってはいけないナ)と思っていると、

「あゝ、あなたにお金が来ていますよ、札幌の第一銀行に、カワカミという名であなたに東京から送金が来ているそうです。あなたのいどころがわからなかったので銀行から私の方へ連絡がありましたよ」

と言うので、びっくりして目がさめたようにあたりが明るくなった。(そんなこと、もっと早く言えばいいのに)と頭へ来そうだ。

「札幌に第一銀行がありますか?」

と私は思わず叫んで、思わずパチンと手を叩《たた》いた。

「ありますよ、四丁目で降りればすぐ前ですよ」

と言うのだ。金が来ているので、もう0氏に用事などないのである。すぐにお暇をしてブラブラ第一銀行へ行った。送金は東京の私の身のまわりのことをやっていたヤッちゃんというおばさんからだった。いま流行のハンコがいらないという小切手で八千円と小包が来ていた。小包の中には別に郵便為替が三通で二千四百円あった。特に親しい友人からの暑中見舞が二十通ばかりと、「小さな部屋」という詩集と、開高健著「ロビンソンの末裔」と、梅棹忠夫著「日本探検」の三冊の本が入っていた。金が入って、これで私は一ヵ月以上もすごせるのだ。(よかったッ)と思った途端、ずっと昔、易者が私に言った言葉を思いだしたのだった。その頃——私が若者だった頃だ

——


「ヒチロー、ホードー院へ行って易を見て貰《もら》ってこい」

と私は母に言われたのだ。昔のヒトは気のいいものである。なんの用件もないのに易を見て貰いに行くのだが、映画でも見に行くのと同じかもしれない。それとも、易を見て貰うことは講義でも聞きに行くようにも思っていたらしい。娯楽がないのでヒマなときは「易でも見て貰って来よう」と、慰めのような、遊び方法かもしれない。

たしかその時、私は何かの雑誌でも読んでいたような気がしている。本を読んだりしていると、私の母は不機嫌だった。知らぬ顔をされているようでつまらないらしい。二キロぐらい離れた松本という村のホードー院という寺へ行って易を見て貰うのだが、その寺の住職である易の先生の前へ坐《すわ》って、

「私《ワショー》を見ておくんなって」

と私が言うと、住職の易の先生は大きい拡大鏡でじーっと私の顔を眺めているのである。取って食いつきそうな目で睨むのである。私は睨まれるのが嫌だから目をそらせているが（もう、やめそうなものだナ）と、ちらっと向うを見ると、拡大鏡だから向うの目も大きく見えるのである。目の拡大したのは恐ろしいもので、私はこんなとき、いつでも（ハハア、おッかさんは、俺をこんなヒドイ気持にさせたくて、ここへ来させるのだナ）と思うのである。この易の先生はずいぶん長く睨んでいて、来るたびごとにこの睨んでいる時間が長くなるのである。その時見て貰った易は、

「お前《マン》なんかまあ運がいいワ、小遣いがねえようになるとフイ、ねえようになるとフイ、フイ、と入《へえ》ってくらァ。まあ、運がいいワ」

と言ったのだった。つまり私は運がよい生まれで小遣いのゼニがなくなる頃には不

意にどこからともなく入って来るというのである。この易は当たって今まで私の運命は、小遣いゼニがなくなると、ひょっと、当てにもしなかった金が入って来るのである。こんども札幌で、いよいよ売る物もなくなったという時に送金が来ていたのである。

7

大金が入ったので私は二条市場へ行った。「一山五十円」の黒ぶどうを二百円買ったら持ち切れないのだ。食べながら大通りへ行ってベンチに腰をかけてゆっくり食べ始めた。札幌のステキなことはどこでもムシャムシャ食べている人が多いことで、映画館の中でもムシャムシャ食っている人が多いし、道を歩きながら食べている人もあるし、大通りのベンチに腰をかけている人なら食べていない人の方が少ないのだ。私はぶどうを食べながら向うのベンチに腰かけてトウキビをかじっている立派な奥さんを眺めながら（アレ！　アレ！　人間の性は善だナ）と思いながら私も食べていた。ものを食べている姿や食べ物を持ち歩いている姿を見ると、いつでも私はそう思うのだ。

　ひょっと、ぶどうの新聞紙の袋を見ると天理教の死亡広告が目についた。

　――××儀七月三十一日新しく出直しました――

　死ぬということは全然書いてない黒枠の広告である。（いいぞ、いいぞ、これは）と私は急に天理教のファンになってしまった。（行って見ようかなァ、天理教は奈良県の方だ）と私は奈良県へ行くことにきめた。行くといっても、ただ、奈良の天理教のあたりをブラブラ歩くだけである。そうして私は（これで札幌を去って奈良へ行くのだ）とベンチから腰を上げようとした時、私の目の前をあのチンピラの彼が通るのである。

「よオ」

　と私は声をかけた。彼はニッコリ笑い顔をしたのは私に出逢ったのが嬉しいらしい。私の方でもなつかしいのである。

「いま、何をしてるんだ？」

　ときかれた。

「ぶどう食ってるんだ」

と言いながら私はぶどうを彼の方へ出した。とてもひとりでは食べ切れないところだったのである。彼は私のそばへ腰をかけて、ちょっと、つまんで食べるだけだ。

(随分、上品な食べ方だナ)と私は驚いた。

「いまビキをかけたンだ」

と彼は言うのである。女とアイビキの申し込みをしているらしい。

「わー、いいなー」

と、私はひとのことでも嬉しくなった。

「一緒に行くかい?」

と彼は言って歩きだした。ビキに私も誘ってくれたのである。赤電話のところを通ると、彼は電話をかけた。

「さっき、二人だと言ったが一人でいいよ」

と言っているのである。またきいていると、

「こっちに一人あるんだ、スケは四人でロタは一人あったんだ」

と言っているのである。ロタというのは札幌の若者たちがよく使う言葉で、スケの反対のことなのである。つまり、「野郎」という意味で、私は札幌で一番はじめに覚

えた言葉である。彼は電話を切って、

「アア、きょうは員数をあわせるのに苦労したんだ。スケが二人だから、こっちも二人だったんだが、こっちが一人ダメになったんだ。員数が足りないからロタを一人誘ったんだが、スケの方が四人になったんだ。だから、またロタを二人誘ったんだ。そうしたらおまえが行くというので一人へらしたんだ」

と言うのである。彼は親切で、いま誘ったばかりの友達をやめさせて私を入れてくれたのである。金は沢山持っているし、これから逢いびきなのである。はしゃぎながら私はデイトの場所へついて行った。「トランペット」という暗いドアの暗い部屋の喫茶店で、向うも四人、こちらも四人でコーヒーをのんだ。隅の方だし、外部からはほとんど見えないし、外に客が二組いるがアベックだから、こちらなど見むきもしない。私達はキャアキャア騒ぎながら話し合った。私の相手というのは中学生だそうである。セイが低くて髪の毛を二筋に編んで肩から胸の方へさげて目はまるく割りあい可愛い女の子である。

「はたらいてるの？　ガクセイ？」

と女がきいた。

「ウン、はたらいてるよ」

と答えるのは、彼と私のほかのもう一組のロタである。(アレッ?)と私は思った。黄色いシャツにコールテンの茶の細ズボンだが、この二人のロタは高校生だと彼は私に言ったのに、「はたらいてるよ」と言うのだ。

「ワタシは学校へ行ってるんだ」

と言うのは彼の相手のスケである。

「俺は学生だ」

と答えるのは彼である。(アレッ?)とまた私はびっくりした。

「ワタシはあそびなんだ」

と言うのは勤めているでもないし、学校も卒業して家事に従事しているスケである。

札幌は東京弁と似ているが、女も男も同じ言葉づかいなのだ。

男「アンタがたイクツぐらいさ?」

女「いくつぐらいに見える?」

男「ダイタイ十八か十九ぐらいじゃないかな?」

女「ダイタイその辺だ」

男「アンタがた、つきあったことあるの？　彼氏いるの？」
女「彼氏いたらこんなところでブラブラしてないよ」
男「そうでもないべさ」
男「いそうな顔してるよ」
女「ふふん」
男「アンタがた、はたらいてるの？」

8

私はまた（アレッ？）とびっくりした。同じことを何回もきいているのではなく、みんなでは八人だから、あっちでもこっちでもバラバラに話しかけているのだ。

「ウン、はたらいてるンだ」

と言うのは彼の相手の、さっき、ガクセイだと言ったスケである。すぐ、

「こんど、はたらくンだ」

と言い直すように言ったりするのは嘘《うそ》を言っているのでもないらしい。そんなこと

はどうでもよいらしいのだ。ここで私は（うーん）と唸《うな》った。無責任な問いや答えは、（なんて、のどかな若者達だろう）と感嘆の唸り声をだしてしまったのだ。

男「アンタがたはたらいてるの？　ガクセイ？」
女「オツトメよ」
男「どこに、はたらいてるの？」
女「うん、ちょっと」
男「ミナミ？　キタ？」
女「うん、ちょっと、その辺なんだ」
男「アンタがた、いつもどこで遊ぶ？」
男「アンタがた、ズンタに行くかい？」
　ズンタというのは札幌ではダンスのことである。
女「ヤー、ぜんぜん知らないんだ」
女「おしえてヤ」
男「アンタがた、ズンタに行くか？」
女「アア、ときたま」

ズンタの話から歌の話になった。ここではロカビリーは日本の歌手のことばかりで、ウエスタンの話もちょっと出て来たので、私ははしゃぎだした。

「オジさん、すこし、バタバタしすぎるよ」

と私は相手の中学生のスケに言われた。見まわすと、みんなおとなしいはずである。唇と唇がふれあったりしているのだ。あわてて私も相手のスケの唇に私の唇をもっていった。私の唇が相手のスケの唇にふれると同時だった。熱い、やわらかな、細い、長い舌が私の口の中に飛び込んできたのだ。（アッ早いナ）と私はゲクッと出バナをくじかれた。（アワタダシイナ）とがっかりしてしまった。私はもっとゆっくり、初めは唇だけで面白いのである。二回目あたりから私の方で舌を使ってから相手の方が使ってくれればそれでいいので、三回目は（まァ、またやってみようか）と面白いし、四回目は（別に、面白くもないけど、なんとなく、やってしまおう）とするのである。そうして、それで、もうツマラナクなるのだ。ここでは、初めから忙がしいし、舌に力ばかりいれるから一回目で私は嫌になってしまった。だが、相手がつづけているので私もつきあって唇をはなさないでいた。キッスをしながら相手のスケの顔をそっと盗むように眺めると、相手は目をつむっている。こんな顔を眺めると、私はいつも

(アレ?!アレ?!人間の性は善だナ)ときめるのである。そうして、こんな時、(どんな顔をしているのか?)と盗んで見る私の目つきは盗人猫《ヌスット》のようかもしれないと私自身を恥ずかしく思ったりするのである。そうして、こんな時、(恋は美しいものだ)ときめるのである。どんなイヤな奴《やつ》でも恋している相手にだけは神のような美しい心になるのだ。恋の相手は誰でもイエスさまと同じ心になるのである。恋と愛とはどうちがうか?(愛とはフヘン的のもので恋とはその場かぎりのものである)などと私は私にだけ通用するような格言を作ったりしながら、私は接吻《せっぷん》を続けていた。

「キミが可愛イクなっちゃったなァ、好きになってもいいかい?」

と私は唇を離して言った。黙っている顔つきは口などききたくないらしい。

「ニ、サンニチぐらい、きょうと、あしたと、あさってぐらいまで、好きになってるらしいけど、いいかい?」

と言った。いつも私はこんな風に言うのだ。二、三日なら自分の思うことに見当がつくが、それ以上はわからないのだ。これは誰でも男はそんなもので、ひょっとしたら、二時間ぐらいあとでは好きでも、嫌いでもなくなるかも知れないのだ。

「どっちでもいいよ」

と中学生のスケは乱暴な言い方である。

「オジさんはいくつなの？」

と横のスケが私に言った。

「そうだなァ、六十だよ」

と言って、

「アハハ」

と私は笑った。「六十だよ」と言うのは私の口ぐせで、いつもそれで私の年のことは終わってしまうのである。ここでも、それで終わったのだった。

「こんどの土曜日までは、キミが好きになってるかな？」

と私は中学生のスケに向って言った。

「土曜までかァ、そんなにつづかないよ、俺は」

と高校生のロタが言った。そのロタはこの一回だけできょうの相手とはつきあわないらしい。

9

一時間ばかりでみんな「トランペット」を出た。外でキャアキャア騒ぎながらロタ組とスケ組は別れた。ロタ組の私達四人も街を流しているうちに二組に別れて私と彼だけになった。

「ただアレだけかなァ」

と私は言った。接吻だけで、彼だけは相手のパイのところへ手をやったぐらいである。あれからどこかへ行って、もっとセックスを満足させるようなことまで進行するだろうと私は思っていたからだ。

「そうだよ、スケコマなんて、あんなものだよ、ヅケぐらいだ」

と彼は言った。東京ではキッスのことは「ベラカム」とか「アンベラ」と言うのだが、札幌では「ヅケ」と言うのである。逢いびきするといってもキッスをするぐらいなのだ。

「そうだナ」

と私は納得した。彼の言い方は晴れればれとしているのだ。こんな場合、オトナの考え方とはちがうが、こんな風に遊ぶ若者の方が健康的かも知れないと私は思った。

「キミは十八じゃなかったんだナ。さっき十九だと言ってたナ」

と私はきいた。

「向うが十九だったら、こっちも十九と言うんだ。向うが女工だったらこっちも職工だ。向うが学生だったら、こっちも学生だと言うんだ。向うだってそうだよ。中学生だと言ったお前のスケも十九らしいぞ。みんな同級だそうだ、あのスケだち二十三かもしれないぞ」

と言うのである。（そうか、アノスケ、十九か二十三だったのか）と私は意外に思えた。

「十九か二十三かなァ？　ほんとに」

ときくと、

「そんなことはどうでもいいんだ。見たところでいいんだ。学生でも女工でもいいんだ。見たところで、だいたい、こっちできめれば」

と言うが、私は（十九や二十三なら、もっと、ヅケが上手なはずだ）と思うのだ。

「ヅケをしたら、飛び込むように舌を出しやがって、あわてすぎるよ。十九や二十三なら、もっと、うまいはずなのに」

と私が不平を言うと、彼は目をギロッと光らせて、

「そうか、あのスケ、この前、〝舌を出せ〳〵〟と催促されて舌を使ったんだ。ヅケが下手だから、この前のあのスケのロタが嫌になっちゃったんだ。それできょう来なかったんだ」

と言うのである。この前は舌を使わなかったので相手に嫌われて、こんどはあまり早く使いすぎて私に嫌われたのだ。

「少し、二、三回してから、舌を使えばいいのに」

と私は言った。

「そんなことはないな、舌を使わなきゃツマラナイよ」

と彼は言うのだ。

「いや、いきなり舌など使わない方がいいよ」

と私は自分の思う通りがんばった。

「いや、使わなきゃダメだよ」

と彼もがんばるのだ。それは、向うから接吻してきた場合で、年上の女のヒトならその方がよい場合もあるのだ。彼は、きっと、年上の女のヒトとのヅケの時のことを言っているらしい。こんなことはその人によってちがうのだ。争ってもツマラナイので、

「主観的な問題と客観的な問題では、だいぶ違うよ」

と私は面倒くさくなったのでそう言った。

「校長先生みたいなことを言うな」

と彼はギロッと目を光らせて、それでヅケの問題は終わった。

「スケコマも、ムカシは、やったけどなァ」

と彼はつぶやいた。スケコマというのはスケコマシの略で、女をもてあそぶという意味である。女の貞操を奪ってすぐ相手にもしないのもそうだし、金がないのに女を誘って喫茶店に入って、コーヒー代を払う時になると「トイレに行って来る」と言って逃げてしまって、伝票を女に支払わせてしまうようなのがスケコマというのだが、今は広い意味に使われて女と遊ぶということらしい。遊ぶということはもて遊ぶと似ているが、もっと広い意味の遊びで、女と一緒に喫茶店に行くこともスケコマで、女

性と交際するのはスケコマか深刻な恋愛か、そのどちらからしい。深刻な恋愛をする者は「タレル」と言われて、神経衰弱のような病的に扱われているらしい。スケコマは若者達には映画に行ったり、ハイキングするのと同じ遊びなのだ。

「ムカシって、いつ頃だい？」

と私は驚いてきいた。

「去年だよ、去年はスケコマばかりやったなァ」

と感慨深そうだ。去年のことは遠い昔のように思える若者達が私には羨ましい。

「いまは、やらないのかい？」

ときくと、

「いまはあまりやらないなァ、アキたよ。いまはチンバコの方がオモシロイよ」

と言うのである。札幌ではパチンコのことをチンバコというのだ。

10

それから彼はチンバコへ行って、私はまたひとりぼっちになった。ひとりになると、なんとなく肩の荷が降りたようだ。札幌で一番好きなのは歩いていてゴーストップが赤信号でもどんどん横切っていいことだ。東京だったら「バカヤローッ」と怒鳴られるし、危くて横断など出来ない。札幌はゴーストップが少ないし、道路のハバも広い。ゴーストップなどあっても、そんなに変わりがない。赤信号で横切っても自動車の方で止って待っていてくれるのは、ゆたかな心の北海道気質かもしれない。のんびりしていてコマカイことなど気にしないらしい。赤信号でも、ほかの人達がどんどん横切るので私も横切るのだ。（人間の性は善だナ）と私は思ったりしながら赤信号を横切るのである。（赤信号でも横切れないようになれば札幌もダメだナ）と思ったりしながら私は横切るのである。

菊水西町の宿へ帰って私はぶどうを「トランペット」に置いてきたことに気がついた。（かなり食べたがまだ残っていたのに）と思ったり（あんなに買うんじゃなかったナ）とこんなことを思うのは金があり余っているからだとうらめしくも思えるのだ。（やっぱりひとふさずつ買った方がいいナ）と後悔したりするのだ。（イヤなことを考えるより）と小包の中の送ってくれた本を読みはじめた。

「ロビンソンの末裔」を読み始めてびっくりした。「北海道〳〵」という字が出て来

るのである。「日本探検」を開くと、これにも「北海道独立論」というのがのってい
るのだ。私が北海道に来ているのを知っている人が家の方へ送ってくれたらしいが、送り主は誰だかわからない。こんな好意にうれしくなって、それから私は寝ころんだまま、コッペパンをかじりながら二冊の本を読んだ。「小さな部屋」という詩集も開いた。小松郁子という人で、逢ったことはない人だ。東京の、杉並の方に住んでいるらしい。

若しもひとを
のろい殺すことが出来るものなら
たった
ひとり
のろい殺したいひとがいる
そんな重たい決意には
薄すぎる羽なので

と、黄蝶の詩である。（いいぞいいぞ）と私は思った。（俺も、誰か、呪ってやろう）と思った。（誰を呪ってやろうか？）と私は考えた。あるある、霧ケ峰の宿のオ

カミから、俺の出演料の横取りをしたマネージャーまで、考えれば幾人でも出て来るのだ。(ズイブンあるナ、三十人も、四十人も)と、いくらでもふえてくるのだ。(とても、たまらないよ、多すぎて)と私は面倒臭くなってしまった。

「日本探検」の中には大本教のことがのっていた。人類同胞主義というのが大本教の教えらしい。(いいぞいいぞ)と私は思った。それから私は大本教の方へ行ってみようと思いついたのだった。(京都の方らしいから、京都へ行けばわかるだろう)と私は起き上がろうとした途端、こないだ奈良の天理教の方へ行こうときめたことを思いだした。(大本教の方へ行こうか、天理教の方へ行こうか、どっちをさきに?)と思っていると、前の宿の二階で、

「根室《ねむろ》は涼しいぞ、寒いくらいだ」

と言う話し声が聞こえてきた。私は窓から首をだして、

「根室はそんなに涼しいですか?」

と大声で騒いだ。

「ああ、涼しい。けさ根室から帰って来たばかりだ」

と言うのである。(そうだッ)と私は立ち上がった。そうして私はすぐ根室へ行く

ことにきまった。

釧路《くしろ》までは行ったことがあるので汽車で行って、そこから、私は下駄バキで歩いた。根釧《こんせん》原野と呼ばれる不毛の湿地帯だが、広い草原で道もなく誰もいない。逢うのは野花の群ばかりである。八月の中旬というのに開拓地の畑は菜の花がいまさかりである。誰もいない草原に深い霧は魔法のように忽然《こつぜん》と目の前に羊の群を現わすのである。黄色い除虫菊の群生も、桃色のげんのしょうこの花々も、名もしらない野生の群は黙っているが、あざやかに咲いている。血のしたたるような真紅の花の房は、ナナカマドの実なのだ。吐息で染まったようなサビタの花は林のように続いているのである。

花咲港まで三日も歩いて私は根室へ着いたのである。「ううーウ」と苦しいうめき声で鳴るのは船と船の衝突を避けるために灯台から鳴らす霧笛である。ひるまだが、霧で宵闇《よいやみ》のように暗い。たまに通るトラックはヘッドライトをつけているし、この道にはハマナスがまだ咲いているのだ。ここでも霧の魔法は、突然、草原に巨大な乳牛を蜃気楼《しんきろう》のように現わすのだ。

霧は、むこうの方にもうろうと農家らしい影を現わした。私の幻想は、その家に近づいて、私の名を告げて、その家から出て来るのは私を狙《ねら》っている若者なのである。

私は誰にも知られないように殺されて、誰も罪人にならないで死にたいと、ここまで来たのかもしれない。

丘で、私はある家を見つけて近づいた。勝手口があいていて、

「水を、のませて下さい」

と言った。親切な奥さんが出て来て、コップをみがいてこぼれるように水をくんでくれた。ぐーっと呑《の》んで、

「うまいですね」

と思わず私は言った。

「イロヒメの水ですよ、イロヒメの水をひいているのですよ」

と教えてくれて、またこぼれるほど注いでくれた。

「ううーウ」と霧笛は苦悩の音をたてている。ぼーっと黒い対岸はソ連領の島々だ。

さいはての霧の中の沼のいろ媛《ひめ》の水は冷い。私は、知らない家の勝手口に立って乞食のようにガブガブ呑んだ。

風雲旅日記

1

旅行は見物をしに行って帰って来るのだが、私の場合は、ちょっと、ちがって、行ったところへ住みついてしまうのだった。だから、旅館に泊るのではなく下宿の様な生活になったり、アパート暮しの様な生活にもなったり、その土地で働いたりすることにもなるのだった。

去年も、京都に一ト月ばかり住んだが、今年の春も二タ月ばかり行っていた。下宿生活で、用事もなく、外出して、ぶらぶら街を歩いたりして、その日がすぎて行けば、人の一生はそれでいいのだった。京都には知人もいて、ときどき逢《あ》ったり、話したり、一緒に出かけたりするのだが、友人というものは、前に着ていたワイシャツの様なもので、私は色とりどりのカッターシャツをいくつも持っていて、よくとり替えて着て、友人に逢うと家に置いてあるシャツを着た様な気がするのだった。京都でいちばん親しいのは植木職のタミさんである。民次郎という名だそうだが「タミさん、タミさん」とみんなが言うので私もそう呼ぶのだが私のことは「福沢さん」と呼んでくれていた。フカサワをフクザワと間違えて聞きとられて、私も訂正しないので、そのまま、ずーっと、福沢でとおっていたのだった。京都に行くたびにたずねて行くのだがいつも留守のときが多いのは仕事に出掛けているばかりではなく交際が広くて、話し好きなので、いつも、どこかに出掛けてるのだった。だからよその家で偶然逢うときなどのほうが多いのだった。

京都は神社仏閣が多く、市内にはお寺だけでも一、六〇〇軒もあるそうである。

「神社も、そのくらい、ありますかなあ?」

とタミさんがいつだったか教えてくれたが物知りのタミさんでも寺の数は知っているが神社の数までは知らないらしい。神社仏閣が多いから祭りも多く、いつでも、どこかに祭りがあるし、観光客が群がって通るのでこれも祭りの様に賑《にぎ》やかである。京都は古都と呼ばれていて、古い、昔の味を見に来るのだそうである。だが、私は古い建物を見ると、それを新しい材木に想像して眺めることにしていた。古いお寺でも、それが作られた当時は古風な味ではなく異国風なものだったそうである。今なら、新築ビルや東京タワーが出来たようなもので観光客は、

「あれまあ、なんちゅう、まあ」

と、新しい材木のお寺に目をまわしたのだそうである。だが、今の観光客は、

「あれまあ、随分、古いものだわね」

と、古いだけ喜んでいるのだそうである。

「ソナコト、ありますか？」

とタミさんは納得がいかないので、

「ううん、まあね、何だって新しい方がいいんだ、五重塔だって、自動車だって」

と私は言って、

「古くなれば、出来たてより悪くなるのは当り前だよ」

とくわしく説明するとタミさんは、

「ソナコト、ありますか？」

と、判《わか》った様な、判らない様な顔をして、いつでも、私の言うことなど受けつけないのである。そのタミさんの家へ行ったが留守だったが、夕方、三条大橋の畔《ほとり》でバッタリ逢ったのだった。

「いま、あんたのところへ行ったら留守だったが」

とタミさんは言ってくれて、私がたずねたので追いかけるように私のところへ来て

くれたのだった。私はタミさんの足許《あしもと》を見て驚いた。紺の、木綿の、半纏《はんてん》の様な仕事着だが新しい仕事着で、履いている下駄も買ったばかりの新しい下駄で、桐《きり》の上等品である。（凄《すご》いな、これは、四〇〇円かな、いや、もっとするだろう、六〇〇円か、八〇〇円か、千円以上もするかもしれないぞ）と、びっくりして下駄ばかりを眺めていた。私はジャンバーでゲタ履きだが私のはバラのゲタで一二〇円である。（凄いな、これは、たいへんな、おシャレだな）と圧倒されてしまった。それに、私はいまそこで買ったばかりのギンナンの実の焼きたてを握っているので手が熱くてたまらない。

「ずいぶん、いいゲタを」と、ゲタに見とれているのでギンナンを食うことなどは忘れて握ったままである。

「これから、出入り先きの家へ行くのだが、あんたを誘おうと」

と、タミさんはこれから用事に行くのに私を誘ってくれるのである。

「どこへですか？」

ときくと、

「いちど、あんたを連れて行こうと思っていた院長さんのとこだが」

と言うので、

「ああ、いつも聞いている小倉山の？」

ときいた。

「そうそう、丁度、今日来てくれというのだが」

私のほうでも、いちど、行ってみたいと思っていた家なのである。前は病院の院長さんだったそうだが、もう老齢なので病院はやめて、小倉山の裏にひとりで住んでいるそうである。植木を眺めたり、茶道の先生で、行けばいつでもお茶をたててくれるそうである。それに、庭がよい眺めで、「わざわざ見に行っていいぐらいな景色だ」そうである。（うまい時だぞ、丁度）と私は喜び勇んでタミさんの後をついて行った。

院長さんの家はコンクリートの塀に囲まれて、コンクリートの門があって、その中に洋風な屋根の建物が見えるのである。

「植木などあるかな？」

と私は門のところで立ち止ってタミさんに聞いた。

「あまり、しゃべらない方がいいが」

と言いながらタミさんは手を横に振って、ちょっと、緊張したようである。大切な出入り先きなので堅くなったらしいが私は怖くなってきた。（これは、むずかしい相手らしいぞ）とついてきたことを後悔しはじめた。タミさんはどんどん門の中を進んで行って入口の横に廻《まわ》った。私もついて行くと裏に長い廊下が見えて横からずーっと広い芝生である。芝生の向うには竹ヤブもあるし、こっちには太いしだれ梅が一本あって、いま、梅の花は満開である。（映画に出て来るところみたいだナ）と私は目を丸くしてしまった。白いしだれ梅の垂れ下っている横には別棟の御殿の様な家があってタミさんはその家の方へ近づいた。横にまわると盆栽が並んでいてそこにも廊下があって座敷に老人がこっちを向いているのだった。白髪を肩まで垂らしたように長くのばして黒地の洋服を着ていて、眉毛《まゆげ》も髭《ひげ》も真っ白である。

「いらっしゃい、〳〵」

と私だちに声をかけてくれたので私は驚いた。仙人の様な人が、呼び込みのようにあかるい言葉使いなのである。

「お庭を見せてもらおうと、ひとり、連れて来ました」

とタミさんは私を紹介した。

「ああ、よくいらっしゃった」

と、白髪の老人は愛嬌《あいきょう》がいいのである。

「いいお庭ですねー」

と私が言うと、

「梅は咲いたか、さくらはまだかいな」

と老人が小唄《こうた》の文句の様なことを言うので私は呆《あ》ッ気《け》にとられてしまったのである。が、そのあとで、

「そういう、歌のとおりですな、これからさくらが咲いたら、またいいですぞ」

と教えてくれたのでホッとした。私はこの老人は、すこし、気が変ではないかと思っていたからだった。

「何か？ ご用事だそうですが？」

とタミさんが聞いた。

「ああ、タミさんに頼みに行って貰《もら》いたいことが出て来たんですよ、ツヅレ帯を頼みたいのだが」

と言うのである。植木屋のタミさんに帯をたのむのはどうしてだろうと思っていると、

「ああ、わたしが行って来ましょう、あの、ツヅレ錦《にしき》の織元は、兄弟と同じことです

からすぐ行って来ましょう」

　とタミさんはすぐにも行きそうである。

「大阪の孫娘から注文されましてねー」

　と老人とタミさんは話しているので私にも話がわかったのだった。ツヅレ帯のことはタミさんから聞いたこともあるが私には関係のない物なので言われて気がついたのだった。

「模様の見本を持って来ましょう」

　とタミさんはもう走り出しそうである。

「まあ、お茶でも飲んで行きなさい」

　と老人は言ってくれて、お茶をたてはじめだした。タミさんと私は膝《ひざ》を揃《そろ》えて坐《すわ》って待っているのだが私はさっきから襖《ふすま》に書いてある歌の字を眺めていた。一番はじめの「忍」という字が読めるだけで、あとのくずし字は全然読めないので気になっていたのだった。

「あの字は、なんと、読むのでしょうか？」

　と私は向うをむいてお茶をたてている院長さんに聞いてみた。

「ああ、あれですか、忍ぶれど色に出にけり我が恋は、ものや思うと人の問うまで、というよく知っておられるでしょう。百人一首にもありますよ、ここは、定家が百人一首を選んだ場所だと言われています」

と老人は説明してくれたが、

「あの忍ぶれどはいい歌で、西行法師の作ったものですよ、いい歌ですなあ」

と言うので驚いた。西行法師の歌は「歎《なげ》けとて」で、この歌は絶対、西行法師の歌ではないのである。

「アレ、そうですか？　西行法師ではないでしょう？」

と私はきいてみた。

「いや、西行法師ですなあ」

と老人は真面目《まじめ》な顔をしているので嘘《うそ》を言ってるのではないらしい。（勘ちがいをしているナ）と私は思ったので、

「いいえ、西行法師は」

と言いだすと、タミさんが横で私の膝をついて、

「フクザワさん、それは、西行さんの歌ですよ、歌のことなら、センセイはその道の

大家で、本も出しているのだから」

と、タミさんは老人の言うことが正しくて私の言うことなど始めから間違っているときめているのである。(勘ちがいをしているナ)と私は思った。老人だから、こんな間違いはよくあるので、あとで、きっと、気がつくだろうと私もそのまま黙っていた。お菓子を出してくれて、黒いアンの上に白いものがのっている饅頭《まんじゅう》の様な、羊カンの様なお菓子で、

「オグラヤマをどうぞ」

と老人はすすめてくれるのである。(そうか、小倉山という饅頭か)と私は嬉《うれ》しくなった。小倉山という場所で、小倉山という名の饅頭を食べて、美味《おい》しいお茶を御馳《ごち》走《そう》になったのだが、老人は、

「時代が進歩したものですなあ、私だちが病院で苦労をして研究出来なかったことがどしどし解決しますわ、いまは、セロテープなどというものが出来たのですから」

と話しはじめた。(セロテープを感心しているけど)と私は変に思った。

「セロテープは、そんなに」

ときくと、

「ああ、たいしたものですよ、あれが出来たんで私などが病院にいれば、もう、美容上の一番むずかしい問題が解決しますよ、あれはなかなかたいしたものですなあ」

と感嘆しているのである。老人の説明するのを聞いていると、セロテープは老人を若返らすことが出来るのだそうである。年をとると頭の毛が薄くなってハゲてくるのも、顔にシワが出てくるのは仕方がないことだそうである。ハゲになるのは頭皮がたるんで前の方――額のほうに落ちてくるので頭蓋骨《ずがいこつ》と頭皮が、

「ズレてしまうからだ」

と老人は説明してくれた。またはホルモンのバランスがくずれてくるとか、

「いろいろな原因はありますよ」

と老人は院長さんだったのでよく研究しているのである。

「このごろは、毛のはえる薬も市販されて」と言うが、そのあとで、

「効果のある人もあるし、全然効かない人もあって」

これは、クスリが悪いのではなく原因が違うからだそうである。

「とくに一番の原因は」

と老人は説明しはじめると頬《ほお》も紅潮してくる程熱心である。そうしてハゲの一番の

原因は、中年になると身体に油性が多くなってくるのだそうである。とくに油性の人は皮膚の毛穴を油性の分泌物が塞《ふさ》いでしまうのだそうである。

「つまり、毛の生える穴を油でぬり固めてしまうことだ」

と言うのである。だから、

「禿《はげ》は光るのだ」

そうである。これは、外から塞ぐのではなく、内側から出て来るので、

「どうしようもないことだが」

と老人は説明してくれて、これも、近いうちにはよいクスリが発明されるそうである。ところが、顔のシワはまだクスリが発明されていないので、

「わたしが病院にいたころ、そのクスリを研究したが」

と老人は言って、残念そうな顔をして、

「いまなら、シワなど、どんどんなおって行くのだよ」

と言うのである。

「エッ、そうですか？　そんなこと、まだ聞いたことが」

と私はあわてた。私も年をとって来たのでハゲになってきたが、タミさんは私より

もっとひどいし、若い時の火傷のハゲまであるので禿の説明になると耳を立てて聞いていたが、シワの説明でドキッと胸を突かれたようになったのは、私もタミさんも額に太い、横線のシワが、私は四本、タミさんは、五本もあるのである。それがなおると言うので飛び上る程、驚いたのだった。顔にシワがなければ年齢が判《わか》らなくなってしまうので、そんなクスリができれば不老不死の薬ということになりそうである。瞼《まぶた》や眼尻《めじり》に出てくるのは小ジワで、これは皮膚だけのものだが額に出る、横に長く、谷間のように深く、切り傷のように太いシワは顔の皮膚ばかりではなく、

「骨にもシワがあるのだ」

と言うのである。たいがい、三本か、四本で、これは人類が類人猿から進化した時からのものだそうである。北京原人《ペキンげんじん》の額の骨にも、もっと古い、猿と人類の境の様な時代の猿人の額の骨にもシワの谷間があるのだそうである。つまり、骨にまでシワがあるのだから、

「表皮もそれに準ずるのは当り前のことだ」

そうである。年をとると骨と皮の間の肉がすくなくなって、はっきり現われるだけで、実際には、

「生れた時からあるのだ」

と言うのである。小学生の頃《ころ》にも、ハイティーンの頃にも額のシワは現われていて、年をとれば、

「それが、はっきり現われる」

そうである。だから、そんなものをなおすことは出来ないのだが、

「とても、出来ないことだが、簡単になおるのだ」

と老人は言うのである。

「どうするのですか？」

と私もタミさんも目を丸くしてしまった。老人の説明は簡単なことでシワの谷間をセロテープで拡《ひろ》げておけば、

「肉が盛り上ってくる」

と言うのである。

「セロテープを、どんなふうに？」

と聞くと、

「シワを拡げて、セロテープをはってさえおけばいいですよ」

「エッ！」

と私は呆《あき》れ返《かえ》った。

「そんなことで？」

と、私は冗談を言われているのかと思っていると、

「嘘ではありませんよ」

と言うのである。

「どのくらい？　はっていれば？」

ときいてみた。

「すぐ肉など盛り上りますよ」

と言うので、

「それでも、どのくらいたてば？」

ときいてみた。

「すぐですよ、盲腸などの手術をしても、三日か、一週間ぐらいすれば肉は盛り上って来るのだから、一週間か、十日ぐらいたてば肉などついてきますなあ」

と言うのである。そんな、簡単なことなら（してみようかな？）と思ったので、

「あの、私が、やってみましょうか？」

と言ったが、

「先生は、やってみないですか？」

ときいてみた。

「はゝゝゝ」

と老人は笑って、

「もう八十歳にもなれば、シワなどのばしてもしかたがないですよ、病院にいる頃なら、そういう手当をして、患者をなおしますがなあ、もう、病院も息子だちに任せましたから」

と言うのである。

(欲がないナ)

と私は思ったが、この時、私は急に、

(してみようかな、セロテープを)

と思いはじめた。そう思うと、すぐにもしてみたくてたまらなくなってきたのである。院長さんはお茶をたててくれて、私とタミさんはそれをのんだのだが茶道の作法を知らないから番茶をのむのと同じである。私はセロテープのことで頭がいっぱいになっているから早くのんで、早く帰って、セロテープをはりつけたくてたまらなくなった。お茶をのむとすぐ、

「それでは」

と私は立ち上った。が、タミさんはこれからツヅレ錦の見本を取りに行くらしい。

「すぐ、見本をとってきます」

とタミさんは老人に言って、

「あなたも行きましょう」

と私を誘うのである。

「きょうは」

と私はやめることにした。院長さんの家を出るとすぐタミさんと別れて家へ帰って来てしまったのだが、途中で文房具店へ寄って、

「セロテープを」

と買おうとすると、

「ハバは？　どんなのですか？　十円と二十円と？」

と言われてしまった。

「どのくらいのハバですか？」

ときいたが、どのくらいのハバがいいのか私も知らない。

「なんに使うのですか？」

と言うので見せて貰って、二十円のを買ってきた。そうして私は飛ぶように下宿へ帰ってきたのだった。二階の部屋にかぎをかって、額のシワをのばして、のばしたところへピタリとセロテープをはりつけて、まだ、夕方だが飯もたべないで寝てしまったのだった。

朝、起きて、下の部屋で食事をするのだが額にセロテープがはってあるので手拭《てぬぐい》をハチ巻の様に巻いて、飯をくっていると、タミさんが来たのである。

「どうですか？」

と私に言うので、（何のことだろう？）と思っていると、

「セロテープをはりましたよ」

と大きい声で言うのである。（みっともないな、そんな、大きい声で）と私は恥ずかしくなったが、タミさんは平気なのである。

「ゆうべから、はりつけましたよ」

と言って私のハチ巻を眺めているのである。

「ボクもはりましたよ」

と私は言って、さっきからタミさんが丸い帽子を深くかぶっているのは額を隠しているのだと気がついた。だから、深くかぶりすぎているし、帽子をとらないのである。

「頭が痛い〳〵」

とタミさんは笑いながら言うが、しかめ面である。私も額が痛くてたまらないが（セロテープぐらい）と思って我慢していたのだがタミさんが「痛い〳〵」と言うので私も、

「痛いねー、まったく、ずいぶんちからのあるものだよ、セロテープは」

と言ったが、私は痛ければ痛いほど効果があるのではないかと思って我慢していたのだった。飯がすんでタミさんと二階へ上って行くと、

「ハゲも、毛がはえますよ、フクザワさん」

とタミさんは小さい声で私の耳許にささやくのである。

「アタマの油を、とれますよ」

と言うのである。

「どうすれば？」

と私はタミさんが真剣そうな顔つきで秘密の宝の山の在る場所をでも言うようである。

「頭の油が、とれますよ」

とタミさんはまた言った。

「ゆうべ、私はもうやってみましたよ」

と言うのである。

「どうしたんですか？」

私も急《せ》きこんできた。

「カンタンなことですワ」

そう言ってポンとタミさんは私の背なかを叩《たた》いた。私は半信半疑でポカンとしていた。そうすると、タミさんはとんでもないことを言いだすのだ。

「台所で、アブラ物の皿を洗う石鹼《せっけん》水で頭を洗えばカサカサになる程頭のアブラなど取れてしまいますよ」

私は（そんな、変なことを）とガッカリしてしまった。

「ほんとですか？」

そう言ってタミさんの顔を眺めた。タミさんは目を光らせて、自分でも驚いているような顔つきなのである。

「ソープとかワンダフルみたいなもので？」

ときくと、

「そうそう、いちどで全部とれてしまうのだから、二、三回やれば、いくらアタマの中からわいて来ても、取れる筈《はず》だとワタシは思うのだが」

「へーえ、考えついたですか？」

と私も呆れ返って聞いた。

「いや、ゆうべネ、家内が皿を洗いながら〝こんなものだったら、きれいに、みんな、とれてしまうのに〟と言うのでワタシが思いついたのだが、きれいにとれますよ、アタマでも皿でも同じことですワ」

と言ってタミさんは私の頭をさすった。

「やってみなさいよ、アタマ中からでてくるアブラなどみなとれて、キモチがいいワ」

　と言うのである。

（そんなこと、あるものか）

　と私は言って相手にしなかった。タミさんは帽子を取って私に見せてくれた。額はセロテープをはりつけているからギラギラ光っているので、アタマは、少ししかない毛が、いつもは長い、細い毛が押さえつけたようになっているのだが今日はパラパラに乱れているのである。ひょっと、私も自分の頭に手をやってさすってみた。アタマにはアブラがわいてくるというが手でこすればヌラヌラしているのである。

「そうか、俺《おれ》も、洗ってみるかな」

　と私は言った。（とにかく、一回か、二回ぐらいやってみよう）と思ってきた。

「アタマのアブラがとれると、どのくらいたてば毛が生えてくるだろうか？」

　と聞くと、

「さあ、どのくらいたてば生えるか、ワタシは知らないが、塞がっている毛穴が開けば、あとは普通のアタマと同じことになると思うのだが」

　と、タミさんは言って、また、

「毛の生えるクスリもつけなければならないだろう」

と言うのである。

「そりゃア、そうでしょう、クスリだって」

と、私もそう思うのである。

「クスリなどは商人がもうけて売るのだからビンの中の毛生え薬は実際には三パーセントか二パーセントぐらいしか入っておらん、あとは混ぜものだよ」

と、タミさんは言うのである。

「どうして本物ばかり入れて売らないのかなあ」

と聞いてみると、

「酒でも、牛乳でも、うすめて売るのと同じで」

と言って、また、

「こんどの、シワのばしと、油とりは、もうかりますな」

そう言いながら私の肩をポンと叩くのである。

「まさか、こんな簡単なことでゼニなんか取れないだろう」

と言うと、

「そこをうまくやりますなあ、入院しなければ駄目だと言って入院させて、セロテープなぞはりつけてもホータイをしておけば何をはりつけたか判らないし、油とりには染粉を混ぜておく、そうして、何で洗ったか判らないようにして、いろいろ、ほかの手当もしてなおしてやれば、こりゃア、儲《もう》かりますなあ」

と、タミさんはまた私の肩をポンと叩くのである。(もうからなくたっていいんだ、俺さえよくなれば) と思ったが、

「そりゃア儲かれば」

と言っておいた。もし、儲かったときには私とタミさんの共同のもうけになると思うのである。タミさんは、

「これから、ツヅレ織りの所へ行くんだが一緒に行かないか」

と誘ってくれるのである。が、

「こんな、鉢巻をして?」

と私は行く気もしなかった。

「帽子をかぶって行けば、ぜんぜんわかりません」

と言うので私も一緒に出かけることにした。下宿で、釣りに行く時の登山帽を借り

て、私は深くかぶってヒタイをかくした。

「まずいなあ、向うの家へ行って帽子をとれば」

と、私は行くのが嫌になった。

「そんなこと、かまうものですか、向うへ行ったって帽子を取る必要ないですな、私などかぶったままです」

と言うので私も行くことにした。

ツヅレ錦の織元は石庭で有名な竜安寺のすぐ傍で、織物工場ではなく普通の家なのだった。私だちは帽子をかぶったまま家の中へ入って、茶の間に通された。織元だというのに機械など全然ない会社員の家の様である。もう七十歳以上にもなる主人が出て来て、

「この人が、ツヅレ織の本家です」

とタミさんが紹介してくれた。タミさんの用事は小倉山の院長さんの注文の帯の模様の打合せだが仲々決らないらしい。私は織るところを見せてもらいに来たので、

「どこで織るのですか？　この家で？」

と、タミさんに聞いてみた。

「ああ、二階で織っていますぅ」

　と本家の織元はすぐに案内してくれた。二階は物干場のように広くなっていて、隅に古風な機織機が押しつけるように一台あるだけである。今、帯を織っていて、二尺ばかり織ってあるのである。織元の主人は早速織りだして見せてくれるのである。ツヅレ織りというのは、一回糸を織るたびに指の爪《つめ》の先で糸をつめるのだそうである。それは嘘ではなく、本当にそんな昔風の、めんどうな織りかたをするので驚いた。こんな風な昔のままのやり方は宣伝の噂《うわさ》だけで、話のたねのようなことが多いのに、こんな、昔のままの織りかたをやっているのである。

「ほんとうですねえ、ほんとうに爪でやるのですねえ」

　と思わず言って、

「一本、いくらですか？　こんな面倒臭い事をして？」

　と聞くと、

「だいぶかかりますなあ、一本織るのに一カ月か二カ月、模様によっては三カ月も四カ月もかかりますぅ」

　と言うので驚いた。こんな面倒なことをして、どんな特長があるのかと思うのである。

「なぜ爪でやるんですか?」

と聞いてみた。

「それは、昔から、ツヅレ織りは爪ですることになっておりますゥ」

と、本家の織元は説明してくれた。

「ツヅレ織りは、裏も表と同じ模様で、西陣帯の様で機械で織ると、模様は、裏から見れば糸クズみたいになっていますが」

と、タミさんが教えてくれた。

「それに、しめて、きちんと結べて、ゆるまない」

と、タミさんはよく知っているのである。ここで私は変に思うことはツヅレ織りというのは、ツヅレ錦と言うから錦の模様の筈である。が、今、織っているのはピンクの地色に青の模様を織っているのである。錦というのはモミジの模様ではないかと思うのである。

「これがツヅレ錦ですか?」

と念を押して聞いてみた。

「そうですゥ」

と本家の織元は言った。

「どこが錦ですか？」

と聞くと、

「これがそうですゥ」

とピンクの地色に青い模様の全体を指すのである。

「錦というのはモミジの模様を織るのではないですか？」

と言うと、

「いや、そんなことはありませンヽそりゃア、モミジも織りますよ、注文では」

と本家の織元は言うのである。

「この模様は？」

と聞くと、

「コトブキという字を松の枝ぶりで織ってますゥ」

と言うのである。

「変だな、松が錦ですか？」

と聞くと、

「なんでもみんな錦ですぅ」

と言うので私は驚いた。

「錦ということは、どういうことですか？」

と聞いてみると、

「そうですなあ、錦ということは〝美しい〟ということですぅ」

と言うので私はまたびっくりした。が、とにかく本家の織元が言うのだから間違ってはいないと私は思うのである。そう思うと、（そうかも知れない）と思ってきたのだった。そう思ってくると、（ああ、そうだったか）と、そう言われればそんな風に思えるのである。そのとき、

「文字を織っても錦と言いますぅ」

と本家の織元は言った。アッと、私は思わず嘆声をあげた。（そうだッ、やっぱり！）と思った。そうして、（やっぱり、本家の織元の人は立派なことを教えてくれたのだ）と私は涙がこぼれそうになる程うれしくなってきた。そうして、この織っている帯は、見ているとだんだん美しく見えてくるのである。そうしてよく見いると、

この帯はハバが広すぎて変な様に思えるのである。

「随分、ハバの広い帯ですねえ」

と言うと、

「これは帯ではありませン」

と言うので驚いた。

「フクサです」

と本家の織元は言うのである。フクサというものを私は知らないので、

「何ですか？　〝フクサ〟って？」

と聞くと、横でタミさんが、

「かける、かける、祝いものに」

と早口で言うので何が何だかわからなくなってしまった。タミさんはあわてて言うので騒ぐようである。良く聞いてみると、〝フクサ〟というものは祝いの品物や、お金を持って行く時に上にかけるキレだそうである。私には、そんなものは、全然、関係がないがタミさんは、

「これは、いくらぐらいですか？」

と、値段を聞いているのである。

「そうですなあ、これは大きいのだから八万円ぐらいします、普通、これくらいのは十万円以上しますゥ」

と本家の織元は言うのでまた驚いた。そんな高価な物を持って行っては、(もったいないな)と思うが、これは、きっと、ゼニがあり余る人が注文したのだろうと思った。が、タミさんは金持でもないのに、

「わたしも欲しいなあ、わたしもこしらえてもらおうか」

と言うのである。またびっくりしていると、「小さいのなら、どのくらいで出来ますか? 五寸か、六寸ぐらいの」

と聞いているのである。私は自分には関係のない物なので帰りたくなってきた。

それから、二、三日下宿にこもって、私はセロテープを額に張りつけて、鉢巻をしたり、帽子をかぶったりして過ごしていた。朝と晩、二回、台所で油とりに使う石鹸水で頭を洗って、(これで、俺の頭も真ッ黒に毛が生えてくるし、額のシワもなくなって)と私は想像すると夢の国に行ったような気がするのだった。だが、そんなことを思っているとタミさんが来たのである。帽子もかぶっていないし、セロテープも張

りつけていないのである。

「フクザワさん、あれはダメだ、セロテープなどやめたほうがいい」

と、タミさんは口をとがらせて怒っているような言い方なので、私は呆っ気にとられてしまった。

「ひどいものですワ、セロテープをはいだら、前よりシワが深くなってしまった、あんなものはダメだ、〳〵」

と言いだすのである。その上、

「油とりもダメだ、〳〵」

と言って、私のそばへ来て両手で私の頭をカボチャでも持つように引っぱり寄せて、じーっと見ているのである。

「ははア、出ているな、やっぱり、ブツブツが」

と、驚いているらしいのである。

「何が出ているのですか?」

ときくと、

「ははア、あんたもやられたな、あの油とりで洗うと、小さいデキモノが、いっぱい出て来るワ、わたしもすっかりやられてしまった」

と、タミさんは目を丸くしているのである。

「そうか、それじゃァやめよう」

と、あわてて私は鉢巻をとって額のセロテープをはぎとった。鏡の所へ行って額を眺めると、額のシワは前より深くなっているのである。

「全然効かないよ、セロテープなんか」

と言うと、タミさんも、

「効くものですか、わたしゃ、初めから効かないと思ってました」

と言うのである。

「そうだよ、俺だって、効きゃしないとは初めから思っていたよ」

と私も言った。タミさんは、急に、思いついたように、

「わたしは、注文しましたよ、あの、フクサを」

と言うのである。

「ツヅレ錦の、フクサを?」

と聞き返した。

「そうです」

とタミさんは当り前のことをしたような様子である。

「あんなもの、なぜ？」

と聞くと、

「お祝いの、お返し物にのせます」

と平気な顔で言うのだ。

「もったいないナ、あんなものを」

と、私は無駄なことだと思うのである。

「養子に行った次男に子供が生れますワ、お祝い物を貰うからそのお返し物をするのにフクサをかけて持って行きますワ」

と言うのである。

「もったいないナ、あんな高いものを、いくらだった？」

と聞くと、

「やあー、安くしてくれましたなあ、一万五千円ですわ、小さいので六寸四方です」

と言うので私はますます驚いた。

「そんな高い物を、もったいねえなあ、よせばいいのに、そんな高いものを」

と私はボーッとなってしまった。

「いや、なければ困るものですなあ、今までわたしのところにはなかったです」

と言うので私はわからなくなってしまった。

「祝い物をやれば、それでいいのに、そんな高いものまでやる必要などないのに」

と私はぶつぶつ、口をとがらせた。

「いやー、ただのせて出すだけですわ、フクサは返してくれるものですワ」

と言うので私はまたびっくりした。

「エッ、フクサは返してくれるのですか」

と聞き返すと、

「そうです、のせて出すだけで、むこうでは返してくれます」

と言うのである。

「なーんだ、ただ、のせるだけで返してもらうなら、そんなもの、なくてもいいじゃないですか、風呂敷《ふろしき》に包めば」

と言うと、

「風呂敷に包んだ上にのせて出します」

と言うのである。

「それだったら、なくたっていいじゃないですか、たった、一回のお祝いに」

と言うと、

「いやー、こしらえておけば近所で借りに来ますわ」

と言うのである。貸せば儲かるのかも知れないので、

「金を出して借りに来るのですか？」

と聞くと、

「いやー、金なんかもらいませんよ」

と言うのである。

「なぜ貸すんですか？」

と聞くと、

「借りに来れば気持がいいですなあ」

と言うのである。金などは借りに来られると嫌な気がするものだがフクサは借りに
来れば気持が良いものらしい。それならと、

「俺もこしらえようかなあ」

と私も欲しくなってきた。

「こしらえときなさい、こしらえときなさい、頼んできてあげますわ」

とタミさんはもう立ち上りそうである。

「そんなに急がなくても」

と言うと、

「いやー、今、注文しても出来上るのは来年の春か、秋頃までかかるか、来年いっぱいはかかるかも知れない」

と言うのである。

「ああ、そうか、それじゃ、いますぐ頼んでおかなければ」

と私もせき込んできた。旅で私は何も持っていないのである。家にも、人に貸してやるものなど何もないのである。

(うまいものが手に入るぞ)

と私は嬉しくなった。ヒトに貸してやるためにこしらえる物など私は初めて持つのである。

（うまいものが手にはいるぞ）
と私は思った。

2

犬も歩けば棒に当るということは、犬でも歩いていると棒でひッ叩かれるということだそうである。だから、まして人間がよそへ行くと自動車にぶッつけられたり、ヒかれたりすることは当り前のことで、外へ出なくて、家の中にいてさえも、「嫁の世話をしてくれ、ゼニを貸してくれ」などと言われるのも犬が棒に当ると同じことだそうである。また犬も歩いていれば何かにパクつけるのだから人間も旅に出ていればイヤなこともあるのだが良いこともあるのである。

青森を夜、船に乗って、朝、函館《はこだて》に着いたのだが連絡船の中で眠って、朝、寝ぼけて女のヒトの頭を蹴《け》とばしてしまったけど、これは、（むこうのほうが犬も歩けば棒に当るだナ）と私はちょっと、気の毒になった。が、去年の時は連絡船の中で寝ていて、夜中に、

と、自転車がパンクしたような音がしたので眼《め》をさますと、それは隣りの人が屁《へ》をしたのだった。

「パーン」

「あれッ？　何だ？」

と私は首をもち上げると向うの方で、

「でかい屁をやったな」

と言われて屁の音だと判ったのだった。そっちの上に寝ていた人も首をもち上げて、

「なんだ、屁だったのか、俺は、横ッツラをひっぱたかれたのかと思ったが」

と、ぶつぶつ言っていたが、あの時は棒ではなく屁だったが、やはり、棒でひッぱたかれたようなものだった。

札幌に着いて、今年も札幌に住むことにきめたが札幌で遊ぶ事は映画かパチンコしかないのである。そんな事しかないのに札幌が好きなのは、ヒンヤリとした、カラッとした空気が好きだからである。

札幌では、パチンコのことをチンバコと言うのだが、チンバコ屋が繁盛するか、しないかは釘師《くぎし》の腕前できまるそうである。つまり、玉がよく出るような、さっぱり出

ないような、

「うまくはいっているな」

と思っているうちに、はいらなかったり、はいったりして、だんだん玉がなくなってしまうようになればいいのだそうである。釘師の腕のいい人は月に二十万円も取るそうである。が、同じ釘師が同じ街で何軒もかけ持ちするとダメだそうである。釘師は夜、客が帰ったあとで、あしたの釘の調整をして、今日よく出た箱も明日は出ないようにしたり、今日ぜんぜん出ない箱が明日は出るような、出ないように調整するのである。


札幌のチンバコ屋はネオンが華やかについているのでキャバレーかと思うとチンバコだったり、チンバコ屋だと思って入って行くとキャバレーだったりするほど似ているのである。私の行く店は決っていて、たいがい、「月世界」か「有給休暇」か「国際サービス」である。久しぶりで「月世界」の中へ入って行くと、

「なあんだ、どこへ行っていたんだ」

と声をかけられた。もう夏なのに革のジャンバーを着たこの三十代の男はヤクザだそうである。顔見知り程度の知りあいだが、去年、むこうでは私をバクチ打ちだと思

ったそうである。「バクチ打ちにしては、赤電話をかけてる言葉が、すこし、やわらかいな」と、あとで私に言ったが私は「飛行場の整備員でしょう」とバーの女に言われたことがあるので職業は、たいがい、「飛行場の整備員」か「吹きつけ工場だ」というとことにしているのだった。私は八ヵ月もたって札幌に来たのだが、この革のジャンバーの男は、ちょっと、姿が見えなかったぐらいにしか思っていないらしい。まったく歳月なんてそんなイイ加減なものなのである。向うのほうで見たことのある男がやっていて、この男はパチンコのプロである。中年で、パリッとした背広を着ていて会社の課長さんのような紳士で、チンバコで生活費をかせいでいて月のかせぎは四、五万円だそうである。チンバコのプロの人達はこれを月給というそうである。「今月はまだ月給の半分もかせいでいない」とか「今月はかせげたなあ、いつものツキの倍も」とよく言うから月給と言っても大体の標準のことらしい。私の行くチンバコ屋は大体決っているがプロの人達は、その日その日の玉の出る様子で馳け廻るがそれでも、毎日一度は顔を合わせるのである。若い、二十五、六の、これもヤクザ風の男がいて、これも顔見知りである。結婚していて、夫婦でチンバコのプロである。「オシドリ」と私は名をつけているが、いまひとりでやっているが奥さんはどこか、ほかのチンバコ屋の様子を廻り歩いていて、そのうち姿を現わす筈である。

「よう、しばらく」

と私はオシドリの男に声をかけた。

「ああ」

と言って、ちょっと、こっちを見ただけなのは、チンバコの玉の事のほかは見向きもしないのである。プロでも商売熱心な人は、朝九時半の開店前からおもてで待っていて開店と同時に入って行って一番出そうな箱を探して、決まれば、閉店までその箱を離さないほど頑張るそうである。チンバコのプロは自由労務者だから、うんとかせいだ日があれば、あしたも、あさっても遊んでいられるのである。釘師と組んでかせぐプロもあるそうだがそんな大仕掛な、大企業の様なやりかたはチンバコの面白さはなく邪道である。私は釘師とも顔見知りがあって、よく、コーヒーを飲んだり、シャべることもあるが、

「あの、何番の箱《ダイ》が出るぞ」

と教えてもらった事はまだ一度もない。店の中をよく廻り歩いているのは、客のやっている様子を調査しているのである。私は釘師のことを「スパイ〳〵」と呼んでい

るのである。チンバコは、

「原因と結果がすぐに判る」

と教えてくれたのは学生アルバイトで、

「それだからハッキリしているんだ」

そうである。チンバコは気の短い者には止められないほど魅力を持っているのはそういう心理学だそうである。

「アラ」

と、顔を合わせたのは、志麻ちゃんである。ときどきしか顔を合わさないが逢えば必ずコーヒーに誘ったり、映画にも一緒に行く、いちばん気の合うスケである。「アラ」と顔を合わせて嬉しそうな顔をしてくれたが、

「ショック」

と言うのである。

「ぜんぜんタマが出ないのかい？」

と聞くと、

「ううん、ワタシ、喧嘩《けんか》しちゃったの」

「誰《だれ》と？」

「家のヒトと」

「オヤジと？」

「家じゅうと、だから家へなんか帰りたくないのよ」

「なーんだ、追い出されたのか」

「ううん、私が出て来たのよ」

「それじゃア、帰れるじゃねえか、なにしたんだ？」

「見合をしたのよ、それが、ぜんぜんミッタクないのよ、ショックよ」

　ミッタクないというのは顔のマズイという札幌の言葉である。東京では美人の反対のことは「マズイ顔」と言うが札幌では「マズイ顔」と言えば、

「食うものみたいだ」

　と変な感じがするらしい。ミッタクない顔というのは、ミットモないという意味と、見たくないという意味が一緒になっているらしい。

「どんなヤツだった？」

「それが、チンチクリンのツンツルテンなの、ぜんぜんミッタクないヤツよ」

「エッ、そんなヤツだったら、蹴ッ飛ばしちゃえよ」

「それを家のヒトがすすめるんですもの」

と口惜しそうな顔つきになった。(ハハア、それで、ショックだナ、ムリもねえナ)

と思ったので、

「俺が行って、家の人に言ってやろうか」

と言うと、

「ダメダメ、ぜんぜん古いの、だから家へ帰りたくないのよ」

と言うのである。

「当り前だよ、そんなことじゃア」

と私はすっかり同情してしまった。ひょっと、隣りの箱がさっきからザラザラと玉が出ていて景気がいいのに気がついた。黒いズボンの白いシャツの学生である。学生は好きで来るのだがアルバイトの様でもあるし、たいがい、タバコでも儲ければいいらしい。あまりネバらないのはプロとは違うからである。

「どお、まだ?」

と、学生のうしろから長い首がすっーと現れた。(二人づれか、アベックだナ)と振りむくと、（姉さんか）と私は思ったのだった。黒いスーツで黒いハンドバッグを持っていて、子供用のバイオリンを抱えているようである。（でかいハンドバッグだナ、音楽の教師じゃねえかな？）と思ったので顔を見ると厚化粧である。セットの髪が盛り上っていて、（マトモな商売じゃねえナ）と気がついた。それにしてもアベックでは年が違いすぎるのである。

「キャア、〳〵」

と向うの箱で女の喧嘩のような声が聞えてきた。ひょっと眺めると、あの、課長さんの様な紳士のプロが女と言い争いをしているのである。

「なあんだ？」

と志麻ちゃんに声を掛けたがもうどこかへ行ってしまったらしい。私の箱は玉が出ないので見切りをつけて喧嘩を見に行った。

「うるせえな」

と、つかまえられている女の腕を、叩くように振り払ったのはあの紳士のプロである。女は、日に焼けた黒い顔で掃除婦のようなオバさんである。何かシャべっているが知り合いらしく箱の奪い合いの喧嘩でもないらしい。

「どうしたのですか？」

と私は紳士のプロに聞いた。

「カカアの奴がウルサクテ」

と紳士のプロは怒っていたが私の方を見て苦笑いをするのである。(なーんだ、夫婦ゲンカだったのか）と私はガッカリした。そうすると、オバさんは私に食ってかかるように、

「クチャクチャ、郵便局、〳〵」

と、何が何だか判らないことを言いだした。私はメンクラって、

「なんですか？」

と言い返した。

「仕事にも行かないで、こんなところへ来てね、わたしの金をみんな使ってしまう」

と、早口で、泣き声でシャベるので私は呆ッ気にとられてしまった。この紳士のプロは月のかせぎが四、五万円になるのに、どうしてこんなことを言うのだろうと、私は（このオカミさんは、気が変かも知れない）とも思えるのだった。

「ずいぶんかせぐじゃないですか」

と言うと、

「とんでもない、いつでも損ばかりしていて、今日も私のスキを狙《ねら》って、私の貯金通帳を持ちだして郵便局からおろして」

と言うのである。（まさか？）と思うが、よく聞いてみると、この紳士のプロは本業は魚屋さんで、オート三輪で村の農家へ魚を売りに行くのが仕事だそうである。奥さんは気が変ではなく本当のことを言っているらしいが、旦那《だんな》の方は紳士の様に立派で落ちついているのに奥さんは掃除婦みたいな恰好《かっこう》で、目の色を変えてシャベるのである。奥さんが私にシャベっていると、

「ピシャーッ」

と旦那が奥さんの頭をひっぱたいた。黙って叩いて、すぐまたチンバコをやっているのである。

「どお、まだ？」

と、あの音楽教師みたいな女が学生に声をかけた。

「ウン、まだちょっと」

と学生の箱は割合玉が出ているらしい。

「まだやってるの？」

と声がして志麻ちゃんが立っていた。

「お腹がすいちゃったから、おにぎり食べてきた」

志麻ちゃんはなんのあてもなさそうなので、

「どっかへ行こうか？」

と私は誘った。久しぶりなので映画でも行くことに私は決めたのだった。

「どこへでも行くわよ」

と、志麻ちゃんは、さっき話した見合のショックのことなど忘れてしまったらしい。

が、私は気にかかっているのである。

「君の家へ、行こうか？」

と聞いてみた。

「行かなくたっていいよ」

「バカ、俺が行って、おやじに話してやるよ」

「そんな、話してわかるような親じゃないわよ、言うだけ無駄よ」

「わからなくたって、がんばるのだよ」

その時、私は、誰かが背中をついているのに気がついた。振りむくと見覚えのある人である。

「おう、〳〵、あいつを知ってるだろう」

と、親指をさかさにして向うをついているのである。誰の事だか知らないが指さすほうを私は眺めた。むこうのほうでやっているのはよく見かける女のヒトである。背は低いが立派な奥さんで、いつもお召の着物で幅の広い帯をキチンとしめて、トカゲの皮の様なビニールのハイヒールの様なうしろの高い草履をはいて、いつでも厚化粧でうしろから見れば背中が半分も見える程、エリが開いている。生花の師匠さんだそうだがプロではないがチンバコの腕は怖《お》っかないほどうまいのである。（あの、生花の師匠さんのことかな？）と思って眺めているが私はこの、うしろから話しかけている男が誰だか思い出せないのだった。洋服を着ているが職工さんの様なツバの長い、よごれた帽子をかぶっていて、汚い大きな足でゲタばきである。

「知っているだろう、あいつを」

とまた言うのだが誰のことか知らないので、

「誰を？」

と聞くと、

「あのヤローだよ、黒い服を着た女だ、知ってるだろう」

と言いながらまた私の背中をつつくのである。

「あの、学生のうしろに立っている？」

と、あの音楽教師みたいな女の方を指でつつくと、

「そうだよ、あいつだ」

と言うのである。私はあの黒いスーツの女も知らないし、この話しかけている男もまた誰だか思い出せないのである。（どっちのほうからわかってゆくのかな？）と私は困っていた。話しかけてくる男の顔を覗《のぞ》くと、口をとがらせて、あわてているが、不機嫌らしい。どっかで逢った顔なのだが思い出せないのである。

「わかんねえかなあ、あの女、泥棒だよ」

と、言われてハッと気がついた。去年、あるバーで私のポケットから財布をぬきとってしまったバーの女のことを思いだしたのだが、あの黒いスーツの女だとは思えないのである。だが、そこで、私はこの話しかけてる男を思い出したのだった。去年のアパートの隣の部屋の人だったのである。

「ああ、あなたは、藻岩《モイワ》のアパートの」

と、私は思いだしたのでちょっと叫ぶ様に言ったが、向うでは、いつも逢っているのとおなじ様な顔つきである。(俺は、八カ月ぶりに札幌へ来たのに、そんなことは知らないのだナ) と気がついた。私は久しぶりだなどと思ったことが恥ずかしくなってきたのだった。(歳月がたつなんてことは、そんなことを思うのは恥ずかしいことだナ) と私は気がついた。(よし、俺は、十年たったって、二十年たった人に逢っても、久しぶりだなんて思わないぞ) と私はきめたのだった。歳月というものはそんないい加減なものなのだ。そうして私は黒いスーツの女も、あの時の女だとは思わないが、

「あの女だったっけ」

と言った。

「そうだよ、ヤツだよ」

と言われたのである。あの時、女は私が見ているのに私のポケットから財布を抜きとって、「返してくれ」と言っても返してくれないのだった。「ワタシが返してあげて、確かに、ポケットの中へ入れましたよ」と言って、盗んだのではなく取り上げてしま

ったのだった。が、私は「泥棒々々」とあとで言っていたのだった。あの黒いスーツの音楽教師みたいな女をあの時の女だとは思わないのは顔を忘れてしまったのだろう。その時、一緒にいたこの男が「あの女だ」と言うので、「間違いはないぞ」と思ったのである。とにかく恰好はちがうが（そうだ、あいつだ）とはっきり決めたのだった。

「あいつ、あの学生をタラシ込んでいるんだぞ、ドスケベ」

と教えてくれた。それで、

「あの女、凄《すげ》え女だぞ」

と私は志麻ちゃんに教えてやった。

「どのヒト？」

と言いながら志麻ちゃんは女の方を振りむいた。

「どお、まだ？」

と、あの女はまた学生に声を掛けた。

「うん、きょうは、よく出るわあ」

と学生が言った。

「じゃア、お店に行くのは、少し早いけど、今夜来るネ？」

と女が学生に言った。

「ウン」

と学生はチンバコの方に気をとられているらしい。

「十一時半には部屋に帰ってるからネ」

と女は言って、また、

「十一時までには帰ってるからネ」

と言い直した。そうしてまた、

「泊れる？　今夜」

と言った。

「ダメ、泊れないよ、寮がうるさいから」

と、学生はチンバコに夢中だが案外、はっきり返事をしているので頭のいい学生らしい。

「泊りなさいよ、わかりゃしないわよ」

と、女はまた言った。

「ダメ、二時でも、三時でも帰らなきゃまずいよ」

と学生が言った。ブザーの音が店の中に鳴り響いて〝定量《りょう》ぶし〟のレコードが鳴りだした。定量ぶしは大漁ぶしのことで、誰かの箱が〝打止め〟になるとこの定量ぶしのレコードが流されるのである。打止めになる箱は宣伝用、サービス用の箱で、これは、誰がやっても玉がどんどん入って店が損をする箱である。際限もなく損をすると困るので一定の量が出尽くすと、ブザーが鳴ってうしろの方から〝打止め〟の札を前へ垂れ下げるのである。定量ぶしが鳴ると、ほかの客まで胸がワクワクするのである。

「ダメ」

と学生がまた言った。

「じゃア、十一時ネ」

と、黒いスーツの女は言って出て行った。(この学生バカだナ)と思った。(あんな女を相手にしなくたって、もっと、若い娘にすればいいのに)と、私は嫉妬《しっと》心を起したのではないが、さっきから去年のことを思い出してアタマに来ていたのだった。女が出て行ったので私は飛びつくように学生のそばへ行った。

「あのヒト、知ってるの?」

と、学生に声をかけた。知ってるなんてことはわかりきっているが、私はなんとなくこの学生にあの女の悪口を言いたくなったのだった。

「…………」

学生は何も返事をしないがチンバコの手をやめて、ギョロッとこっちをむいたままである。私は急に怖くなったので、

「凄えんだ、あの女なア」

と、志麻ちゃんに話しかけた。

「そんなこと、いいじゃないの、大きなお世話だワ」

と、志麻ちゃんは言うのである。

「知ってるんですか?」

と学生が言った。ニラめつけるようにこっちを見ていたが、学生はオドオドしているらしい言いかたなので私はホッとした。(怒りだしたら困るなあ)と、こっちでもオジけていたのである。

「知ってるさ、オレ、ひどいメにあったんだから」

と、案外、私は平気でそう言えた。

「…………」

学生は眼を光らせて、こっちを見ていて、何か、言いたいらしい。（この学生、案外、子供だナ）と思ったので、

「去年、あそこにいたんだ、呑《の》んべえ横丁のバーに」

と言って、また、

「今、どこにいるかなあ」

と言うと、学生は、

「そうですよ、今もいますよ」

と言うのである。

「あんたは学生さんでしょう」

と私は言って、また、

「あいつは凄いヤツだよ」

と言った。もう、この学生が怒りだしてもいいと私は思ったのだった。私は喧嘩を売るのではなくあの女の事でアタマにきているばかりではなく、この学生は案外、真面目《まじめ》そうなので、憐《あわ》れなようにも思えてきたのだった。学生の方では私を不思議そう

な顔をして見ていて、怒りだしそうでもないらしい。

「あんな女、この学生にはもったいねえなア」

そう、私は志麻ちゃんに言うと、志麻ちゃんも、

「そうよ、〳〵」

と、相槌《あいづち》を打ってくれた。

「あの人、知ってるんですか？」

と、学生はまた私に言った。

「知ってるさ、知ってるさ、あのババア、年上だろ、ずっと」

と、私はでかい声になった。

「…………」

学生はキョトンとしていて黙っているが顔がマッカになっているのである。

「よした方がいいよ、あんなヤツ」

と私が言うと、志麻ちゃんも、

「よしなさいよ、あんなヤツ」

と言うのである。そうすると学生は案外、素直に私だちの言うことを聞いたらしい。

チンバコの台から離れてこっちへ寄って来るのである。ションボリとした顔つきなので、

「このヒトと、ツキ合ってやれよ」

と私は志麻ちゃんに言った。

「うン」

と志麻ちゃんは言った。

「どこか、お茶でも飲みに行こうか?」

と、私は言って学生の肩を叩いた。学生はまだキョトンとした顔つきなのである。

「こいよ、〳〵」

と私は言いながら先にたって店を出た。外へ出て待っていると、志麻ちゃんと学生は肩を並べて出てきた。(うまくいったナ)と私は嬉しくなった。三人で近くの喫茶店へ行ってコーヒーを飲みながら話しあうと、あの女は割合に若く見えるが、もう、三十五、六歳にもなるそうである。中学生ぐらいの女の子の母親で「旦那は死んだ」と言うが、どうなっているのか判らないらしい。この学生とは一ヵ年以上も関係ができていて、「ほかのオトコもない」そうである。

「あんなババア、どこがいいんだい？　なにか、テクニックでも？」

と、私はバカにするように学生に言った。

「べつに」

と、学生はまだキョトンとした顔つきで、そんな返事をするだけである。

「どこがいいんだ、あんなババアを」

と私は怒るようにも言った。

「べつに」

と、学生は言うだけである。

「サイショ、どっちから？」

と聞いた。が、学生は黙っているのである。

「キミが手をだしたのかい？　あいつのほうからかい？」

と聞くと、

「ウウン、酔っぱらって、泊りに行こうって言われて、ヤッチャャったんだ」

と、案外、素直にシャベるのである。

「バカねえ」

と、志麻ちゃんは私の肩を叩いた。私の左の肩は神経痛で、飛び上るほど痛いのである。

「痛えなあ、俺を叩く必要などねえのに」

と文句を言うと、

「アラ、ゴメンネ、あんたの肩はとても叩きいいの」

と言うのである。(あ、そうだったのだ、俺の肩は、いつでも、話をしていると肩を叩かれるけど、誰でも叩きいいんだから仕方がねえナ)と私は諦《あきら》めた。

「あんなヤツ、やめちゃえばいいのに」

と学生に言うと、

「ときどき、そんな事を考えるときもありますよ」

と言うのである。(そうか、そうだろう、あんな婆《ばば》アだもの)と、私は嬉しくなったのであの女の泥棒みたいな根性を教えてやって、

「あの女がなければやりきれないのかい?」

と聞いた。

「べつに、そんなことはないですが、むこうでは、僕が、なければ困るんじゃないか

2018
12
中公文庫　新刊案内

誉田哲也
ノワール　硝子の太陽

（『硝子の太陽N　ノワール』を改題）

●760円

待望の文庫化!

短篇「歌舞伎町の女王―再会―」を特別収録

沖縄の活動家死亡事故を機に反米軍基地デモが全国で激化する中、新宿署の東弘樹警部補は、「左翼の親玉」を取調べていた。その矢先、異様な覆面集団による滅多刺し事件が発生。被害者は歌舞伎町セブンに、かけがえのない男だった――。

闇医者おゑん秘録帖

花冷えて

あさのあつこ

子堕ろしを請け負うおゑんのもとには、今日も事情を抱えた女たちがやってくる。「診察」はやがて「事件」に発展し……。好評シリーズ第二弾。

●700円

イーハトーブの幽霊【新装版】

内田康夫

宮沢賢治が理想郷の意味を込め「イーハトーブ」と名付けた岩手県花巻で、連続殺人が。被害者は死の直前「幽霊を見た」と…。浅見光彦、幽霊を追う!?

●600円

警視庁特命捜査対策室四係

スワンソング

島崎佑貴

書き下ろし

警視庁一の嫌われ者・小々森八郎刑事の命が三度も狙われた！　糸川班も捜査に乗り出す。だが、その背後には巨大な陰謀が……。

●740円

な、ほかに恋人も作らないのは僕だけに、真剣で」

と言うのである。

「バカだなあ、そんなことを言ったって、言うときだけだよ」

と教えてやった。

「いや、嘘《うそ》じゃないらしいですよ」

と言うのである。

「そりゃ、嘘じゃないさ、嘘じゃなくても言うときだけだよ、誰だって言うときは本気で言うよ」

と、私は（とてもわからねえヤツだナ）と思ったので、志麻ちゃんに、

「あんな女はサイテイだよ、あんな女を相手にする奴はクズだよ、キミはあんな女になってはダメだぞ」

といろいろ志麻ちゃんに言っていると、

「ボク、やめよう」

と、突然、学生はキッパリ言ったのである。

「そうか、そうこなくちゃア、そうだそうだ」

と私は思わず手を叩いた。

「そうよ、そうよ」

と、志麻ちゃんも拍手をするのである。私は嬉しくなったので（ビールでもおごろうかなあ）と思う程気持が晴れ晴れとしてきた。が、念のために、

「ダイジョブかい、きっぱり、忘れれば気持がいいぞ」

と言うと、

「今夜行って、よく話します」

と学生が言うので、

「アッ！」

と、私は腰かけてる椅子《いす》が、うしろへひっくり返ったのではないかと思う程びっくりした。今夜行って話すなどというバカげた、想像もつかないことを言いだしたので驚いたが、（コイツは、知らねえのだナ、女と別れ方を）と気がついたので私は呆《あき》れ返ってしまった。

「バカ、バカ、そんなことをわざわざ言いに行くヤツがあるものか」

と私は説明するのも面倒くさいのだが（教えなければ）と、

「そんな、買物を頼まれたんじゃあるまいしそんなことをわざわざ」

と言っているうちに、私の頭はカーッとなってきた。(コイツのツラを、張りとばして)と、私はシビれるように口惜しくなってきた。が、(まて、〳〵)と思った。(教えてやらなければ)と気をとりなおした。女と別れるのは、待ちぼうけをくわせたり、尋ねて来たらいても、(いない)と言えばいいのだし、顔を合わせてしまうような時があったらソッポをむいてしまえばそれでいいのである。そう私はよくこの学生に説明すると学生もやっと、

「判りました」

と言うのである。安心したので、

「バカだなあ、いままでのヤツと、みんな、そんな、めんどうな別れかたをしたのかい？」

聞くと、学生は急にこっちへ手をあげて、

「もう言わないで下さい、そのことは」

と、あげている手はこっちへ向けているが、首は下をむいているのである。(あ、そうか、言われるのがイヤな程よくわかったのだナ)と私は嬉しくなった。

それから学生と別れて私は志麻ちゃんを連れて彼女の家へ行くことにきめた。石狩街道をバスで一時間もかかって着いたのである。

「いいよ、いいよ、行かなくたって」

と、志麻ちゃんは言うが私は、

「行ってやるよ、〳〵」

と、引っ張るようにして連れて来たのだった。農家で、大きな家で私はびっくりして、(来なくても、よかったのに)と、気おくれがしてきたが来てしまったので(仕方がない)と諦めることにした。イチイの大きい木が森の様に家のまわりにあって、(防風林だナ)と思ったので、

「ポプラを植えればいいのに」

と、家の前に立ち止って志麻ちゃんに言ったが彼女は返事をしない。返事などしない筈である。彼女は家の中の様子を伺っているのだった。(家の中へはいりにくいのだナ)と気がついたので、そっと裏へ廻って馬小屋の脇《わき》を通って台所の方へ行った。曇りガラスの窓ごしに私と志麻ちゃんは家の中の様子を伺っていると、

「ガラッ」と、私だちが覗いていたガラス戸が開いてオバさんの様なヒトが顔を出し

た。

「あれ、志麻子」

と、びっくりしたり、喜んだりするので（お母さんだナ）とすぐに気がついた。思ったとおりお母さんで、

「志麻子が帰って来た、〳〵」

と騒ぐように奥の方に言って、私と志麻ちゃんは座敷へ通されたのである。初めて来たのだし、初対面だが志麻ちゃんを連れてきたので私はお客様扱いである。

「結婚のことで、困ってるらしいけど」

と、私はお父様の前にきちんと坐《すわ》り込んだので真剣勝負の様な恰好である。

「イヤイヤ、あの縁談は、断る事にしました、志麻子が、どうしても嫌だと言うのを無理に進めるわけには」

と、お父さんは私が説き伏せなくてもいいほど話はわかっていたのである。（なーんだ、こんな、もの判りのよいお父さんなら、来なくてもよかったのに）と、ここまで来たのは全然無駄になってしまったのである。お茶をだしに来たお母さんも、

「あんな話は、もう、すっかり、解消してしまいましたの、ホカにも、いい話がある

んですの」

と、あの見合のことなど忘れてしまったようである。

「そうですか、ホカの話というと？」

と私はホカの話の方を聞いてみたくなった。

「いいお話ですよ、申し分のないお話ですよ、先方でもぜひと」

と、こんどの話はとてもいいらしい。

「お勤めですか？」

「はあ、そうです」

「月給はいくらですか？」

「それが、随分高給取りですの」

「いくらですか？」

「酒もたばこも飲まないし、やさしくて、おとなしい」

「いくつですか？」

「三十歳だか、すこし越しているそうですの」

と言うので、

「初婚じゃないでしょう？」

「いいえ、それが初めてだそうですの」

と言うので、志麻ちゃんに、

「いいなあ、こんどのは決めちゃえよ」

と、私もすっかり安心してきた。

「写真ある？」

志麻ちゃんがお母さんに聞いた。

「写真も来ていますよ」

と、お母さんは私に向って言うのだ。

「見せて下さい」

と、どんな人だか見たくなった。お母さんが写真を持ってきて私に渡そうとするのを志麻ちゃんは横取るように私から写真を取り上げてしまうのである。だが、ちょっと見ただけでサッと、私の方へ投げるように置いて、

「なにさ、こんな、ヘナヘナの、ナマヌルイ、座ぶとんで吹けば飛ぶ様な」

と、口惜しいような言い方である。

「どれ、どれ」

と、私は写真を取り上げて見た。痩《や》せて、青白い顔の、目の細い、頭の髪を七、三にわけた貧相な顔つきである。座ぶとんで吹けば飛ぶと志麻ちゃんは言うが、座ぶとんで払えば吹ッ飛んでしまう様な奴である。

「まったくだよ、こんな、フニャフニャの、見るだけでも気持が悪くなる、こんなのサイテイだよ」

と、私も写真を放り投げた。

「ダメダメ、こんなヤツ」

と、私はお母さんに言って、こんなヤツと見合をするのに「申しぶんのないお話だ」などと言うお母さんの顔をじーっと眺めた。

志麻ちゃんの家で夕メシを御馳走《ごちそう》になって、私はひとりで札幌へ帰ってきた。大通りのバスセンターでバスから降りると街の人通りはもう少なくなっているのである。札幌の店は夜、店じまいが早い。これは、冬の夜からの習慣かもしれない。七月の終りだが夜の風は寒いほど肌に冷たいのだ。それに、今夜は風が荒い。街を歩いているとチンバコ屋からは「蛍の光」のレコードが流れているのである。(もう十時か、九時半かな?）と、私はひとりぼっちになったので肩の荷が降りたようである。札幌のチンバコ屋では閉店になる時は「蛍の光」のレコードをかけるのである。いつもこの曲を聞くと私は（アロハ・オエでもかければいいのに）と思うのだ。蛍の光は深刻だがアロハ・オエの方は快適な淋《さび》しさの様に思えるのだ。南の四条のアカシヤの並木はもう葉が黒い様に茂っているので私は明るいススキノの方へ歩いて行った。パッと、ネオンの灯が春のように明るい盛り場の灯である。ここでもチンバコ屋だけはもう閉店で「蛍の光」のレコードが流れているのである。ひょっと、私の目の前に、あのチンバコの紳士のプロが店から出て来たのだった。昼間、奥さんに怒られていた事を思い出したので、

「奥さんは?」

と聞いてみた。あんなに奥さんと喧嘩をしていたのに今までやっていたのかと意外に思えたからである。

「さっぱり出ないよ」

と、私の聞いたことなどは聞いていないらしい。

「箱《ダイ》が故障して玉が出て来ないので女の子に文句を言ったら、途端に玉が入らなくな

った」

と、ぶつぶつ言うのである。

「そりゃそうさ、オンナのコに文句など言えば釘の板の、上のほうを前にズラしてしまうよ」

と言っても、

「とたんに、さっぱり出なくなった」

と、ぶつぶつ言っているのである。そんな不機嫌そうだが、急に、

「かっぽれしよう」

と言いながら私の肩に手をかけたのである。手をかけたというより寄りかかってきたのである。「かっぽれしよう」ということは、かっぽれの踊りの事ではなく、でかい声で童謡などを歌いながら道を歩くことである。(酒を飲んでいるナ)と、注意して見ると、顔も赤いようだし、吐く息が臭いのである。私はかっぽれなどしたくないから一人で歩きだした。裏通りの暗い木蔭《こかげ》に女が立っていた。いつも、ここに立っている女とは違うので、

「タバコをくれよ」

と、私は言って顔を覗き込んだ。

「ナーンダ、四人か、四人じゃだめだなア」

と、オンナはシカメッつらをした。ふりむくと、さっきの紳士のプロが私の後についてきていたのである。そのあとに通りがかりの二人連れがこっちをむいていたのだった。

「四人じゃねえよ、二人だよ」

と、私はオンナに教えてやった。

「そうか、二人ぐらいならいいけど」

と、オンナは言った。実際は私はひとりなのである。

「タバコをくれよ」

と私は言った。タバコを買うのを忘れたので持っていないが、こんなオンナの顔を見ると私はタバコを吸いたくなるのである。オンナは黙ってピースの箱を取りだした。一本ぬいて、口にくわえたので私はマッチを出して火をつけてやった。自分だけ吸っていて私がそばにいることも知らないような顔つきなのである。私はオンナの手のピースの箱から一本取り出した。オンナは機嫌が悪いらしく黙ったままである。私はポケットに千円しか持っていないのである。旅館へ行けば四百円はとられるし、あとは六百円しかないのだ。

「オレ、千円しか持ってねえんだ」

と、オンナに言った。

「いいよ」と、オンナは軽く、すぐに言った。（宿料も？）と、申しわけないような気がするので、「ドヤ代も？」と言った。

「いいよ」と、女はブッキラぼうに言った。

「オレの部屋へ、行かないか？」

と私は誘った。ひとり者の私は自分の部屋へつれて行っても、なんの心配もないのである。

「行くか？」と、オンナは言った。旅館へ行くのか私の部屋へ行くのか、ひとりごとの様な言いかたなのだ。

「駅の裏のほうだ」

と私は言った。オンナはふらつくように歩きだした。黙ったまま、ひとりで歩きだして私から逃げて行く様な、先に立って行く様なのである。私はそのあとからついて行った。電車通りへ出て、四丁目の交叉点《こうさ》で、オンナは立ちどまった。(電車に乗ってしまうのだナ)と、私を置き去りにするようにも思えるのである。が、オンナはまた歩きだした。風がパーッと吹いて、砂ぼこりで目が痛くなった。オンナは、そこのビルの方へ行った。ビルの軒の暗い蔭に隠れる様に立っているのだ。私もそこへ寄って行った。風がまた吹いた。砂ぼこりがホッペを叩くように痛い。私はしゃがみ込んでコンクリートへ寄りかかった。オンナもしゃがみ込んだ。夜のビルは廃墟《はいきょ》のように荒れ果てているのである。横の、黒い大きい「第一銀行」の字を私は眺めていた。

「貯金しろよ」

と、私はオンナに言った。

「エラそうなこと言うナよ」

と、オンナが言った。砂ぼこりが吹きつけている電車通りを、犬が、ふらつくように渡って行った。あとからまた一匹ついて行くのである。オンナは黙ったままである。

「タバコをくれよ」

と、私は言った。

いのちのともしび

私の十二月

十二月になったといっても私は年賀状など出さなくてもいいのである。年賀状ばかりでなく、ほかに、なんにも、年の瀬の用事などないのである。私の書いた「F」小説の結果、世間から遠ざかることになって、去年もことしも旅行していて、そんな日をすごしていてもだれにもあやしまれないでいられるのである。

旅行といっても、行ったところでアパートや下宿生活などをしていて、町を歩いたり、たまには小説など書いたりして、あきれば、どこか行ってみたいところへ移動するのである。年中旅行中で東京にはいないのだから手紙をもらったりしても返事など出さないでいいのである。私あての手紙はときどき、まとめて旅先へ回送されるのだから、私は読んでも「ああ、そうか、このひと、手紙をくれたけど、僕はいないんだから返事を出さなくても悪くは思わないんだ」と、あとは荷物にならないように破いたり、焼いたりしてしまうのである。もっとも、今まででも私は手紙をもらったり、会って話したりすることは四季に咲く花をながめるのと同じで「いまはきれいだが、あとではシボんでしまうんだ」と、そんなつもりだったが、こんどは、今までより、はっきり私の意思があらわせるようになったのである。

旅先でも私の方から用事ができた場合はこちらから出向いて行くことにしていて、たいがい「東京へ帰る」ということになるのだが「東京へ行く」という気がするのである。私は完全に東京から——東京の住居や交際から——離れることに成功したのである。東京へ行って、その用事のある人の家へすっと現われるのだが、そんなとき私は忍術の猿飛佐助になったような気がするのである。ふだん、どこにいるのかわからないようにしていて用事の時にばかりに、突然すーっと現われるのだから、ずいぶん自分勝手なように思われるだろうがそんなことはないのである。

向こうでは「ひょっこり帰って来た」と思ってくれて「あー、よく——、来たね——」とよろこんでくれてお互いに、なつかしがったり、楽しく遊ぶように用事が終わってあきればすーっと帰って来るのである。そんなとき私は忍術の霧隠才蔵になったような気がするのである。

去年もことしも、私はそんな日をすごしていて、これは私には思うつぼのその日その日なのである。旅行は、夏は涼しいところへ、冬はなるべく寒くないところですごしていたので、ちょうど、渡り鳥のようである。ことしになって私は自分のことを「渡り鳥のジミー」とか「ジャンバーを着た渡り鳥」と自称している。ジミーは以前から使っていた私の愛称なのである。「渡り鳥のジミー」と名のって思いだしたが私は二十年も前「風の又三郎」と呼ばれたり自称したこともあったものだった。風のように訪れて、風のように去って行って「あいつは勝手なやつだ」というような感じを与えたらしい。勝手なやつというのは自分勝手な、気ママな交際の仕方だという意味である。だから、私はそんな性質なのかもしれない。自称したいのは自分で「ウッテツケの名前」だと自信があったのかもしれない。

気ママな交際は「あいつは変なやつだ」とも思われたらしいがことしは正々堂々とそんな日をすごしていられたのだった。だから正月が来るといっても年賀状のしたくなどしなくてもいいし、中元とかお歳暮の贈り物などもしなくていいのである。年賀状は前々からやめようと思っていたのでやめてサッパリしたが、お歳暮のほうは、去年は、ちょっと未練のようなものがあったのだった。だが、勇気を振るってやめてしまったのは自分でも「アッパレだ」と感心したりするほどむずかしい事だったのである。「ああ、あのひとに、なにか、お歳暮のしるしに」とプレゼントしたい相手はだれでもあるだろう。渡り鳥のような私さえ未練があって、むずかしいことだったのである。去年は未練があったがことしはそんな未練気が全然ないのは、やはり、世間から離れることが「イタにツイタ」ことになるのだろう。この世間から離れることを「亡命」という名をつけてくれた人があったが、この言葉も私には「ウッテツケ」で、これも自称したいぐらい好きである。亡命というのは命を失うという文字なのである。「逃亡」とも言ってくれた人があったが、これも私は好きだ。だから「渡り鳥のジミー」「ジャンバーを着た渡り鳥」「風流亡命」「風流逃亡」「風の又三郎」と私は五つも自称したい名を持つことになったのである。

初めは渡り鳥のようなつもりではなくやくざ者のマタタビワラジのような気がしていたのだが、マタタビはほとぼりのさめるまでなのである。私はいつまでもつづけていたいので、やはり「渡り鳥のジミー」になりたい。そんな、渡り鳥のジミーにも「ことしのできごと」はあったのである。いろいろの人が死んだことだった。

消えて行く人たち

旅の下宿で人の死んだのを知ると意外に思うときもあるのだった。新聞はあまり読まないが、どうしたものか、そんなことに限って耳に響いてくるのでそんなときは新聞を見たくなるのである。名前だけしか知らない人もあるし、つながりのあった人もあるし、病気をしていることも知らないで、突然、死んだのを知るのだから「生きているということは、ほかの人の死ぬのを知ることなのだ」とさえ思うのである。人の死ぬのは、ちょうど、木になっているカキの実が盗まれてゆくように、ポツン、ポツンと気がついたらなくなっているのである。「ああ、あそこになっていたのに」と、むしられてしまったカキの実のようにいつのまにか視界から消えてしまうのである。

マリリン・モンローが死んだのは北海道で知ったのだった。途端「永遠の女だナ」

と私はブツブツ、ひとりでツブやいた。惜しいような、うらやましいような、独身の女の死なのである。そのまえ「永遠の人」と呼ばれるウエスタン歌手のハンク・ウイリアムズの歌が六十曲以上も吹き込まれている三枚つづきのレコードアルバムが発売されたのを知って私は東京へ注文したのだった。それは、飛行機で来る人のついでがあって無事に私の手もとに届いて、北海道にいても死んだハンクの歌はいつでも私の耳もとに新鮮なタッチを与えてくれているのだった。

映画俳優のジェームス・ディーンも永遠の人と言われてるそうだが私には用はない。永遠というのは私の生きているうちということである。私が死んでしまえば永遠はそれでいいのである。太陽も永遠に輝くが私の死と同時になくなってしまうのだから永遠というものはそんなものなのである。ハンクは死んだがいつでも新鮮な感動を与えてくれるし、マリリン・モンローは死んだが彼女の、あの美しい腕も、腰も、手も足も、胸も、顔も、いつまでも私たちの瞼《まぶた》に焼きつけられているのである。あの女はロクな映画に出演したことはなかったと思う。「イブのすべて」などセリフばかりの映画だし「バス・ストップ」なんてのは凡作よりひどい映画で、ただ彼女が美しいだけなのだった。出演本数も少ないし、つまらない映画だったのに彼女があんなに売りだしたのはどんな雑誌をひらいても彼女の姿を見つけることができるほど使われたからだろう。どんなに美女のスナップが並んでいてもマリリン・モンローは輝くように光っているのである。その姿だけで、小説家も画家も表現できない強烈な感動を与えたのである。「自殺だ」とか「スイミン薬の飲みすぎだ」とか言われたが私はそんなことはどっちでもいいのである。

ハンクもマスイ薬の飲みすぎで死んだそうである。ディーンの交通事故もスピードの出しすぎだし、マリリン・モンローもそうだろう。みんな偶然の死で、ちょうど、うごいている画面が止まったままになったように永遠の人は死んだのである。彼女はシワクチャになった姿を私に与えなかったのだ。偶然の死は彼女の美しい姿を浮き彫りにして彼女は永遠の女になったのである。ブリジット・バルドーはマリリン・モンローよりも私は美しいと思う。彼女もよく自殺未遂をやるが彼女も、いまに、きっと自殺してしまうだろう。美しい者の宿命だろう。美しい者だけが発見したこの世の道なのである。ほんとにすばらしい画家は自分の絵を、かいただけで焼いてしまうのに似ているのである。

ことしは正宗白鳥も死んだ。だれだれ「は死んだ」ではなく、だれだれ「も死んだ」のである。死ぬということは、そんな当たり前のことなのである。正宗白鳥はマリリン・モンローとはちがって、老いて、病んで、骨と皮ばかりのようになって死んだ。シャバのできごとの悪口を言って美しいことを暗示しようとしたらしい。マリリン・モンローは美しいものを自分の身体から現わすことを発見したのだが、正宗白鳥は美しい事を捜していたらしい。美しい「物」ではなく美しい「事」だったらしい。二人ともその一生は聖者の行進のように私は思えるのである。

白鳥は自分の葬儀を簡単にしたいと計画していて、それはそのようにすんだのだった。私の小さいころなどは葬式のときに銭を投げたものだった。棺のうしろから竹籠《たけかご》を高く掲げて、その竹籠を振り回して中からゼニが四方へ散るのである。たいがい一銭か、二銭か、五銭ゼニだが女や子供たちは争って拾って、これがホドコシになるのだそうである。人は死んでホドコシをするのは死者の意思で寄付などをするのと同じらしい。

お通夜や葬式に飲んだり、食ったりするのは日本だけだそうである。白鳥の葬儀は故人の意志で香典も花輪ももらわなかったし、キリスト教なので飲んだり食ったりもしなかったのである。白鳥はもらいもしなかったし、ホドコシもしなかったのだった。

死ねば死体のあと片づけをしさえすればいいのだ。葬式というものはそれでいいのである。私は知人が死んでも香典などはやらなくてもいいのだときめたのである。

渡り鳥のように

五ツ木の子もりうたに「花が咲いてもロクな花ァ咲かぬ、手足かかじるいげの花」という歌詞がある。いげの花というのはどんな花だか知らない。

花の名はいろいろと地方の呼び名があるが、私の郷里では「乞食《こじき》」と呼んでいる雑草がある。よごれた白いカワラナデシコのような花で実は細い枯れ木のような棒状で、着物などに刺さるようにはりついて繁殖するのできらわれる草である。地方によっては「すッとんび」とも言われているそうである。

ことし、私はある地方を歩いた時、土手をかけ降りて、久しぶりにこの「乞食」にはりつかれたのだった。ズボンにいっぱいはりついてしまったので一本ずつむしり取ったのだが、ずっと昔、私はこどものころ「乞食」にはりつかれた時のことを忘れない。「乞食」がはりついたことを「乞食にたかられる」と私の地方では言っていた。「あれ、困ったよオ、わしゃア背中が寒くなってきたジャン、乞食がいっペエたかってるジャン」と近所のおばさんに教えられて私は気がついたのだが私の着物――そのころの子供はカスリの着物を着ていたのだった――にも、モモヒキにも泥がついたように密集してはりついていたのだった。植物の枯れ枝だが生きもののようにとり憑《つ》いて、その先端の幾筋もの冠毛は両手をひろげてとらえるようにはりついていたのだった。私はこの時のおそろしさをよく覚えているが、気味のわるいほど、いっぱいタカられたのだった。それから私は「乞食」がきらいになって、おそろしい生きもののような気がしていたのだった。その時は、その近所のおばさんがむしりとってくれたのだが、こんどはだれもいないのでひとりでむしりとったのだった。ズボンだけだがかなりタカられていて、きらいなものをつかんでとるので、やはり背筋が寒くなるような思いだった。そうして、むしり取ったあとホッとするものである。

その時、私は「ははア、この気持ちだナ」と気がついた。私は年賀状を出さなくてもいいことにきめたし、中元、歳暮の贈り物もしなくていいし、手紙をもらっても返事を出さなくてもいいときめたとき、なんとも言えないサワヤかな、さっぱりした気持ちになったのだった。そうして「乞食」をむしりとったあとの安心感と同じだったのだった。ほかにも私は葬式があっても香典をやらなくてもいいし、結婚などがあってもお祝いをやらなくてもいいことに決まったのだから、こんな、さっぱりした気持ちは「他の人にはわからないだろう」と思ったほどである。渡り鳥が身を軽くするように私は負担を少なくすることが楽しいことなのである。

生きていると雑草の「乞食」がタカるようにいつのまにかいろいろなきたないゴミがつくものだと思う。まだまだ私にはいろいろなゴミがついているはずだから念入りに調べなければならないのである。その、私の払い落とすきたないもののことを悪魔と呼ぶことにしている。私に関係のないことでも私は悪魔を見つけたりすることもあるのである。私は悪魔などなぜ見つけるのだろうか。

私の書いた「F」小説の直後、世間から遠ざかっている期間中——私はある家で警察の人たちといっしょに住んでいたのだが、ギターをひいたり、囲碁やマージャンをやったりレコードをかけたりして遊んでいて楽しく三カ月ばかり過ごしたのだが、家の中にばかりいて外へ出なかったのだった。私や仲間たちはこの期間のことを「幽閉」と呼んでいる。私は幽閉から渡り鳥のジミーになったのだから悪魔ばかりが目につくのだった。こないだ、友人と雑談をした時「アタマの毛に油をつける者は悪魔である」と言うと「そんなことはないでしょ」と言い返されてしまった。古風な頭の持ち主で封建的なことばかりを考えている人だと思うからである。「クラシック音楽は悪魔である」と言うと「あら、そんなことないわ、むしろ、その反対よ」と言われてしまった。

クラシックの音楽は音をたのしむのではなく音楽に思想だとか、感情だとか、空想だとかをのせようとしたもので音楽とはちがった道だと思う。音楽は音の高低やメロディーなどが目的ではなく、また歌とは別なものだと思う。音楽はリズムで表わすより外に方法はないはずである。クラシック音楽は教養だとか、学問的だとかと、音楽とはちがうむずかしいものにしてしまったのである。「他人を尊敬することは悪魔である」ともきめた。他人を尊敬したりすることは自分の楽しい生活以外のことなのだ。「神社仏閣をうやまうことは悪魔である」ともきめた。神も仏も人間を祀《まつ》ったもので建て物や人形はながめて楽しむものなのだ。「ロダンの〝考える人〟は悪魔である」ともきめた。考え込むことは楽しいことではなく不幸なことだからである。渡り鳥のジミーは年と共に、払い落とすものを見つけてもっともっと身軽になるのである。

いのちのともしび

六月の末頃《ころ》、札幌の街はいちごの出盛りである。旅路の果、私は札幌で、このいちごを見て（アレッ！）と目を見はった。東京では、いちごは小箱に並べてつめて売っているのだが、ここでは八百屋の店先に山のように盛り上げて、土いじりのスコップですくって、投げるように新聞紙の袋に入れて売っているのだ。出はじめは一〇〇グラム五〇円ぐらいだそうだが、今、出盛りで一キロ四〇円なのだ。買物に出た奥さん達は、それを、どんどん買って行くのである。いそいで私も一キロ買った。（食べられるかな？　こんなに）と買ってしまってから不安に思ったりして宿へ持って帰ってきた。洗って、皿にとって、匙《さじ》でつぶそうとしたが（てんでつぶれないナ、コレは、堅くて〳〵）と、がっかりしたが、

「コレは、マズくて堅いのではなく、新鮮すぎて堅いのですよ」

と私は隣りの部屋のヒトに声をかけた。そう、私は勝手にきめてしまったのだった。その隣りのヒトもやっぱり一キロ買ってきたのを私は知っているからだ。

「アラ、そう、まだ食べてみないよ、マズかったら捨てちゃうワ、四〇円だもの」

と言うが、（とても、捨ててしまうなんてことは出来ないナ、こんな綺麗《きれい》ないちごを、こんなにタクサン）と私は口の中へひとつ入れて、

「わーっ」

と大声をだしてしまった。土に接したような匂《にお》いと重厚な蜜《みつ》の味で舌が巻きついてしまうようである。「わーっ」と吼《ほ》えたてるほど美味《おいし》いのだ。これは、この品種は、改良種だが野性を失っていないのである。真ッ赤な——黒いように赤い色なのだ。

「野性的だ」

と私は騒ぎながら走り廻《まわ》って大根のおろしガネを借りてきた。そうして、一キロ全部おろしでオロしてミルクをひとビン入れた。ラーメンのどんぶり二つにこぼれそうである。

「これに砂糖を入れればゼッタイにこぼれるよ」

と私はいちごに言いながら少し砂糖を入れて匙ですくって食べた。かきまわせばこぼれるので砂糖を少し入れてはそこのところを食べて、

「うまいなぁ、〳〵」

と私はいちごに言いながらどんどん食べてどんぶり二杯みんな食べてしまった。いちごが四〇円でミルクが一合一四円、砂糖なんか、二円か三円ぐらいしか入れないからみんなで五六円か五七円である。さあ、大変なことになってしまったのである。それから毎日々々一キロずつ買って、毎日々々一キロずつ食べなければならないことになってしまったのだ。

「そんなに毎日々々買わなければいいのに」

と言うヒトがあるかも知れない。が、（そうはいかないよ）と思う。そこにいちごを売っているからだ。売っているから誰《だれ》でもどんどん買って行くのである。だから、私も買うのだ。安くて、美味《うま》くて、栄養価が高いのだから食べなければ損である。

いちごを買って、抱えて、

「わーっ」

と私は唸《うな》った。私が嘆声をあげたのはいちごが一キロ四〇円だということは札幌の

どの家庭でも毎日々々一キロずついちごを買って食べるという経済にぴったりする値段にいちごの値段がきまったこと、つまり、どこの家でも毎日々々いちごを一キロずつ食べるという事実である。

「いえいえ、うちでは一キロずつ二回買いますよ、まいにち」

と教えてくれたヒトがあったのでびっくりした。(ああ、二キロずつ、毎日々々たべても、そのために家を売ってしまったとか、生活苦で一家心中をしたということはないのだ)と私は気がついたのでびっくりして嘆声をあげたのだった。つまり、毎日々々二キロずついちごを食べる家庭が札幌には多いということに私は嘆声をあげたのだった。

「食わなければ損だ」

ということは、

「いちごは栄養価も高いのだ」

ということに似ているし、

「買わなければ損だ」

ということは、

「そこにいちごを、安すぎて、こんなに安く買っては罪悪ではないだろうか？」

と思うことに似ているのである。

いつだったか、私はいちごを一キロ買って後へさがって眺めていた。

「早く、売り切れればいいなァ」

と私はすこし、身体がふるえていた。買うのや売れるのを見ているのは、悪い奴《やつ》が逃げるのを追いかけるのに似ていて迫力があって胸にせまって来るのである。

どんどん売れて、なくなりそうになって私はホッとした。（売り切れれば、これで罪悪もなくなるだろう）と思って見ていたからだった。だが、次の瞬間、私は店の奥の方をひょっと眺めてギョッとした。奥の方から小さな男がリンゴの箱を頭より高く持ち上げてこっちへ来るのである。そのリンゴの箱の上にはいちごが山盛りになっているのである。（アリャ〳〵）と驚いているあいだにザーッといちごを投げ入れてしまったのだ。（またいちごの山が出来てしまった）とがっかりしてしまって、私は後ずさりをして、帰って来てしまったのだった。

夕方、札幌の店は早い店仕舞である。寒い冬の癖だろう、買う方の人も急ぎ足だし、売る方も夕刻までには終ってしまって、どんどん店を片づけ始めるのである。買物をした女のヒトだちは食うものを持って歩いて行くのである。食うものを持って歩くヒトの姿を見ていると（人間の性は善である）と私はいつも思う。

いつかの夕方、八百屋の前を通って、店は仕舞って客もいないのに売り子の娘さんが大きい新聞紙の袋にいちごをすくっているのを私は立ち止って眺めていた。（客がいないのに、計りにかけているけど？）と私は眺めていた。その娘さんは、誰かに売るように大きい袋につめて計っているのである。（二キロかな？　三キロかな？）と私は計りをのぞき込んだ。三キロで、その娘さんはそれを持って店から出て行くのである。店が終って帰るらしいのだ。（自分の家へ買って行くのかな？）と、そんな風にも見えるし、親しい家から頼まれて、帰りながらとどけてやるのかも知れない。その姿はいちごを持っているのではなくリンゴか野菜の袋を抱えているように重たく、大きい荷物なのである。

（あんなに、タクサン）

と私は惚《ほ》れぼれと眺めていた。広い草原は見るだけで楽しいのだ。あんなにいちごを抱えている景色は（絶景だナ）と見送っていた。赤い、先のとがったいちごは（ローソクの炎に似ているゾ）と思う。ひょっとしたら、あのいちごは、俺《おれ》の生きて行くともしびかも知れないと気がついた。「愛する」だとか、「平和だ」とかと人間を相手にすることはとてもむずかしいことなのである。(そんな、めんどう臭いことは)と私は忘れていたのだ。

或《あ》る日、私は鏡を見て、

「てめえだちは、そっちへ行ってろ」

と私は目をむいて言って、また、街へいちごを買いに出かけて行った。

七月になった。

「まだまだ安くなりますよ」

と教えてくれるヒトがあるので驚いた。そうして、そのとおりで、「一キロ二五円」のも出て来たので呆《あき》れ返《かえ》ってしまった。トマトが一キロ七五円で、いちごが二五円なのである。安いのは小粒だからヘタをとるのが面倒なだけで鮮度も味も変らないらしい。小粒になればいちごは終るのである。また、小粒になればオロシでおろさなくてもサジでつぶれるのである。五月の末頃から七月の半頃までいちごの季節は長いのである。

た。

「来年も、ここへ、来よう」

と思った。生きていたら来年も、いちごの頃は札幌に来ることに私はきめたのだった。

そうして今年、私は札幌へ来たのである。夜、着いて、駅で降りると街を歩いて八百屋の店を覗《のぞ》いた。少しばかりだが、赤いいちごが並べてあって、

（あッ、いた、いた、俺のいのちのともしびの）

と、いちごに声をかけそうになって、ハッと口を押さえた。横に「一〇〇グラム六〇円」と書いてあるのだ。

「一〇〇グラムというと、いくつぐらいですか」

と店のオジさんに聞くと、ウルサイような顔をしながら新聞紙の袋とスコップを持ち出して、

「一〇ぐらいか、大きいところなら、五ツか六ツぐらいだ」

そう言いながらいちごをすくった。袋に投げ込みそうなので、

「アッ、買うんじゃねえよ」

と私はあわてて口をとがらせた。(それ程、欲しくはねえよ、あんな、高いいちごを) と思っていると、

「まだホンシュウ物だから高いよ、地の物が出れば安くなるけどな」

と店のオジさんも本州物なのでツマラナイらしい。本州というのは東京などへ出荷する東北地方とか静岡地方の物のことで、札幌へ来ると東京の倍の値になってしまうのである。

「地のものは、いつごろ?」

ときいた。

「ツキの終り頃から、ぼつぼつ出るが出始めはやっぱり高いぞ」と教えてくれた。今日は五月十六日である。夜はまだ冷たく、私の指の先はコゴえているのだ。

「まだ寒いネ、札幌は」

そう言って、(無理もねえナ、こんなに寒くては) と私はぶつぶつ言いながら街を歩いた。

次の日、大通りへ行った。札幌の街を南と北に分ける大通りは道はばが一五〇メートルもあるので並木は六列もあるのだ。並木の下は、いつでもお祭りのように屋台店

が並んでいるのである。牛乳、ユデたまご、アンパン、センベイ、ジュース、バナナや夏ミカンやリンゴまで並べてあって植木屋も出ているのである。楡《にれ》の並木道のライラックの木には花が咲いていて、いま、ライラック祭りなのである。ライラックの花の房は秋海棠《しゅうかいどう》に似ていて、スミレのような匂いのこの花はリラの花とも言うそうである。大通りの真ん中の芝生はチューリップやデージー、三色スミレが高山植物のように鮮かなのである。並木の下にはサボテンの小鉢を並べている植木屋や、いま、山から持って来たような顔をしている人夫のような植木屋は放り出して置くように、いわちどり、ひめくもま、えぞうすゆき、みねぞう、こまぐさ、日高せばやを根を出したまま売っていて、その横で、私はハッと目を見張った。

（あッ、俺の、いのちから二番目の）

と私は思いだしたのだ。そこに並べてあるモウセンごけは根釧《こんせん》原野の沼の、霧の中に生える苔《こけ》なのである。二糎《センチ》か三糎だか苔だけの根で塊っていてゴムの毬《まり》のようなかたまりなのである。去年は、私は、このモウセンごけを眺めて日をすごしたのだった。あられの四角の空缶に水を入れて水盤のようにして眺めていたモウセンごけの塊りは京都のスギゴケに似ているが、もっと小さく、もっと青く、群生していて根だけのかたまりで土などないのである。遠くで杉の森を眺めたようなモウセンごけなのだ。

（あッ、そうだ）

と私は思いだしたのだった。去年のモウセンごけは帰るときに捨てて帰ったが、眺めているときは、（俺のいのちから二番目だナ）と思いながら眺めていたのだった。

（イヤ、いのちのほうが二番目かな？）と思ったりしながら眺めたのだった。

「それ、いくらですか？」と一番小さい、ドンブリぐらいの塊りに指をさした。

「一〇〇円だが、五〇円でいいよ」

と、いま、釧路から来たばかりのような顔をしたオバさんは、男の人夫のような恰《かっ》好《こう》なのである。五〇円で買って、新聞紙に包んでくれて、私は吊《つる》して（どこかで、あられの空缶を）と思いながら街を歩いた。どこかからウエスタンのレコードが聞えてきた。ハンク・ウイリアムズの「カウライジャア」なのである。

（あッ、そうだ忘れていたけどこれも俺のいのちの）

と私はハッと胸をつかれた。

ライラックが終ればスズランで、街の角では一パ、一〇円、二〇円で売っているオバさんは、やはり人夫のような姿なのである。

六月のなかばになった。スズランが終ればアカシヤの花が咲くのである。白い藤《ふじ》の花ぶさに似たアカシヤの花は、木に咲いているのを眺めるより、折って、手に取れば花も匂いもさくらのようである。

（あッ、そうだ、忘れていたけどこれも俺のいのちの）

と私は去年、この花が咲いたときを思いだしたのである。

書かなければよかったのに日記

買わなければよかったのに日記

私が汽車の三等車に乗ったのを新国劇の辰巳柳太郎先生が見られてキネマ旬報にそのことをお書きになって、私はそれを読んだ時（アレ？　変だな）と思った。（三等車に乗ることがナンデむずかしいことか知らん？）とびっくりした。私は二等車に乗る方がむずかしいことだと思っていたからだった。大体、二等車に乗ると外国人みたいな顔の人ばかりなのでキモチが悪い。ドコの馬の骨だかわからんからキモチが悪いのである。（何の用事で乗っているのだろう？）と得体《えたい》が知れないからキモチが悪い。まあ、タイガイ（ブローカーかな？）というような顔をしているのである。ブローカーと見当をつけると（これからアクドイ儲《もう》け仕事に行くらしい）と思えるのである。と思うと（これから麻薬の密輸入に行くところじゃないか知らん？）と思うとみんなソンナ人の様に見えてくるし、（重役かな？　代議士かな？）と思うと（そばへ寄っちゃア困る）と思っているように見えるので（こんなところにボクはいてもいいのか知らん？）と申訳ない様な気がしてしまうのである。（公務員かな？）と思うと（意地が悪そうな人だな）おっかなくなってくるのである。

三等車にも失礼な奴《やつ》がいてヤタラ自分の席ばかり広くとる奴がいたりするけどソンナ奴はタマにしかいない。三等車の客は（このヒト、何の用事で、職場はナニで、行きか、帰りか）手にとるようだし、今、どんなことを考えているのかも大体想像が出来るから安心して乗っていることが出来るのである。

それで、ギターの師の小倉俊先生の所へ行って辰巳先生のことを話すと、

「そりゃアキミ、三等車に乗ることはキミむずかしいことだよ」

と言うのである。あわててボクは、

「そ、そんなコトないでしょう」

と、ボクの意見をシャベりだそうとすると小倉先生はボクの顔を押さえるように手をあげて、

「僕は汽車に乗る時ぐらい、ゆっくり乗りたいね、席が広い方が身体が疲れないよ」

と言うのである。（まるで反対だね、気持がいいということが。ボクは二等車に乗

ると肩がこるのに）と思っていると、

「キミだって、人を招待するときは二等の切符を買うだろう」

と言うのである。（そんな時ァ、ゼニを捨てると思って、わざわざゼニを余計に使って見せて、それでまあ、気持がいいというもので、ソレとコレでは話がちがうんじゃないか）と腹の中でブツブツ思ってると、

「キミはそんなことを考える必要はないね、辰巳さんはキミが庶民だということを珍しいと感心しているんだから」

と言うのである。（庶民なんて、いくらでも転がっているのに、ナンデ珍しいのか知らん？　頭がどうかしている人達じゃないか知らん？）とボクは呆《あき》れ返《かえ》ってしまった。

ずっと昔、中学に入学した年の四月十二日、山梨の日川中学では全校生徒が武田信玄の墓参りに恵林寺へ行くことになっていた。行きは歩きで帰りは勝手に汽車で帰って来るのだが、改札口でボクは駅員さんに切符を取りあげられてしまったのでビックリした。

「コレは、子供の切符じゃァ、ダメだ」

と怒られて、あわててオトナの切符を買ったのだが自分で切符を買ったことはコレが初めてだった。その時（ボクは、いつから、オトナになったのか知らん？　ボクはまだオトナじゃないと思っているのに）とブツブツ言いながら切符を買いなおしたことを覚えている。

こないだ婦人公論の用で九州へ廻《まわ》って、二等の汽車賃を貰《もら》ったのだが帰りは三等寝台で帰って来た。

「ケチだと思われないらか？」

と家の者が心配したが、

「バカバカしくて、二等なんかにゃ乗れないよ、タダ寝ているだけでムダ金を使う必要はねえさ」

と言ったが、

「サギじゃないらか？」

と家の者はオドオドしているのである。

「それだけ、家の者にもお土産やなんかを買って、ゼニは使ってしまったのだからサギにはならんだろう」

とボクはガンバッた。

いつだったか、大阪から二等寝台で帰って来た時だった。朝になって、東京へ到着する少し前になると乗客は順に一人ずつボーイさんに呼ばれてデッキの方へ行ってくるのである。(何をしに行くんだろう?)と思っていた。デッキでボーイさんは乗客の靴をチョット拭《ふ》いたり、洋服の塵《ちり》をチョット払うのだが、そんなことは知らないから(何をしに行くのだろう?)と不思議に思っていた。ボーイさんが順に一人ずつ連れだしてデッキでコソコソ話をしているのをボクは(女でも世話をする、相談でもしているんじゃないか知らん?)と思っていた。そんな風な内緒話をしているのによく似ていたからだった。(こんどは、あのヒトを呼びに来るぞ)と思って眺めていると、やっぱりそのヒトを呼びに来たのである。(ヤッコさんも、東京へ着いて、今夜泊る女でも世話をしてもらうんだな)と思うとオカシクなったのでボクは、

「アハハハハ」

と大声で笑ってしまった。みんなボクの方を眺めたが(俺《おれ》は、東京に住んでいるのだから、ひっぱりナンカ頼まなくても)と思っているから平気だった。その次の人も呼ばれたのでボクは「アハハハハ」と笑って眺めていた。それからボクの前の人をひ

っぱりに来たのだがそのヒトはサッと手をあげて横に劇《はげ》しく振って断わったのである。ボクは思わず〝パチパチパチパチ〟と手を叩《たた》いた。ボーイさんは怒ったような顔つきになって、ボクをとばして次のヒトをひっぱって行った。あとで聞いたらボーイさんはそのたびにチップを貰うのだそうである。

「いくらぐらい？　貰うのだろうか？」と友人に聞くと、

「いくらでもかまわないけど、ナカには、千円札をやるヒトもあるそうだ」

と言うのである。

「五千円札をやる人もあるでしょうか？」

と聞くと、

「そんなヒトも、ナカには、あるんじゃないかね、大臣とか、金持は、金が有り余って困っているヒトがあるんだから」

と言うのである。

「一万円札をやるヒトもあるでしょうか？」

ときくと、

「そんなヒトも、あるかも知れないね、金がアリアマッテ困ってる人もあるんだから」

と言うのである。（まるで気違いだね、金持という人種は）と呆れてしまった。

いつだったか、井伏鱒二先生と甲府へ行く時だった。前の日、時間を伺いに行って、（先生が二等車ならボクも二等にするつもりだけど、先生は三等かな？　どっちかな？）と考えた。が、わからないのでタメシニ、

「アノ、汽車は二等で？」

と言って様子を探った。が、言ってしまってから先生の顔色を見て（二等にきまっているのに）と予感がヒラメイタ。このカンは当って、やはり二等だった。翌日、新宿駅の発車ホームへ行くと井伏先生はもう腰をかけていたから驚いた。（アレ程、ボクが先に行って席をとっておきますからと言っていたのに）と恨めしくなった。（早すぎるなあ、もっとゆっくり来なければ、まるで礼儀を知らないね、ボクのすることがなくなってしまった）とがっかりしてしまった。ところが、先生の席の前に私は腰をかけた途端（ちょっと、二等車はいいねえ）と思ったのである。私は先生の顔を眺めて（えらいものだ）と思った。ボクが二等車へ乗って気持がいいと感じるのは井伏先生の風格がこっちの方へも移ってきたのにちがいないと思った。（風格というものは煙のような、芳香のようなものだな）とすっかり感心してしまった。発車前に（喉《のど》

がかわいたりすると？）と売店へ行ってサイダーを二人だから二本買った。リンゴの方がいいじゃないかとリンゴを一袋買った。ボクの分はピーナツをとズボンのポケットに入れて、先生にはアラレがいいと一袋買った。甘い物もと、羊羹《ようかん》を買ってポケットに入れて、板チョコみたいな物もと、ズボンのポケットに入れた。（三時間ぐらいの汽車だから、このくらいでいいだろう）と思って席へ帰って来ると井伏先生が窓から冷凍ミカンを買った。先生はまだ何か買いそうな様子なので驚いた。

「ボクが、イロイロ買いましたから、ソンナに」

と言うと、先生が買うのをやめたので安心した。汽車が動きだして、先生の前に腰をかけている私は、（一体、何の商売の人だろう？）と思った。勿論《もちろん》、井伏先生は小説を書いていられるのだが、その外に何か商売を持っていると思うのである。学生の頃《ころ》は絵描きになろうと考えたときもあったそうである。だが、今は、これからは何の商売になるのか知らん？　と考えた。私自身、この一、二年で小説を書くのは止めて、自分のしたい商売、生活は夢にえがいているので、井伏先生もきっと、そんなことをお考えになっていると思うのである。先生の顔をみていると、（僧侶《そうりょ》かな？）とも思った。着物の襟のカタチは僧侶のような感じである。腰から下は金持の御隠居さまで、顔は若い顔で美男子だし、何よりステキな品のよさは赤い顔つやである。（一体、何の商売をしたくて生きているのだろう？）と考えた。（草や木を眺めることかな？）と思った。ひょっと（釣だ！）と気がついた。（そうかも知れない、それが人生の、夢かも知れない）とも思った。途端、ボクはベートーヴェンが憎らしくなってきた。若い時は好きだったが今は嫌いなのはベートーヴェンのように音楽に思想を盛り込もうとすることは音楽の邪道であると思うからだ。ボクは、音の余韻が嫌いになってしまったのだ。ヴァイオリンのひっぱった響、日本の太鼓の余韻、思わせぶりな気味の悪さを感ずるのだ。やはり、土人の太鼓や日本のでは鼓が好きだ。だからボクはマンボやロカビリーが好きなのだ。小説もそれと同じことで思想などを盛り込むことは邪道だと思う。ジャズにはリズムと迫力のある音があって、それが材料だが、小説にはそれに該当するものは？　何だろう？　と考えたりする。いつか、そんなボクを満足させるような小説を書きたいものだと思う。井伏先生の小説はロカビリーに似ていると思う。

汽車の窓から、遠くに人が歩いていて、（あの人、何の用事で、家へ帰れば、どんなことを家の人に言われるだろうか？）と想像したりする。汽車にのると、そんなことを考えながらすごすのだが、それが楽しいのかも知れない。ボクは二等でも三等でも変りないのだが、二等客は気味が悪いので乗ってさえいればそれでいいのだから、わざわざゼニを二倍以上もだして二等車に乗る必要はないと思う。

昔、百姓が旅をする時、家からムスビを持って出かけて、途中で、便所に行って、そこでハッとするのである。自分の家で用便をすれば自分の畑のコヤシになるから食べた物もまた収穫になって戻って来るのだが旅では自分の家のムスビを持ちだして他所のコヤシにしてしまうのである。だから「道中のコヤシ」と言って怖ろしいことなのである。今は化学肥料だから道中のコヤシはなくなったが二等車に乗ることなどは道中のコヤシではないかと思う。

たまには、ボクも二等車に乗ることがあるけど、

(二等ナンカ、買わなければよかったのに、道中のコヤシとおんなじだのに)

と思いながら切符を買ってくれた人の顔を眺めるのだ。それから、

(アンタが、二等ナンカへ乗るから、オレも二等ナンカへ乗ってやるのだ)

と思うのだ。

(注・汽車が三等級まであったころの話である)

言えば恥ずかしいけど日記

僕は寝言とイビキが人一倍でかいそうである。寝ている間のことだからなおそうと努力してもどうすることも出来ない。クシャミもでかいけど、これは自分で承知してすることだから癖みたいなものだ。小さいクシャミだとなんとなくクスグッたいから無理に大きい声を出すのである。大きくするのは気が晴れればれとするからだ。その外に寝ぼける癖があるけど、これは気がついた時には終っているので、これもどうしようもない。寝ぼけてよく笑われるけど、これは愛嬌《あいきょう》があるらしい。イビキの方は愛嬌どころか嫌われる。嫌われるより怒られることもあった。

「いくら嫌われても仕方がないことで「馬鹿《ばか》は死なきゃ直らない」と言うけど「イビキも死なきゃ直らない」と私はあきらめている。だから人間が死ぬことは清掃事業で有難いことだと思っている。どんなエライ奴でも嫌なことがあると思うからだ。

放浪の詩人ヴィヨンは酷い痔疾《じしつ》に悩まされていて苦痛が起った或《あ》る時、「死ねば、この宿痾《しゅくあ》も直るだろう、痔と言う字はヤマイダレに寺という字だから」と言ったそうであるがヴィヨンが日本字の判《わか》る筈《はず》がないから、これは出鱈目《でたらめ》だと思う。

さて、イビキは嫌われるだけで何の役にもたたないが一度だけ役に立ったことがあった。いつだったか大勢で温泉町に泊った時だった。広い部屋だが蒲団《ふとん》が十二人分しか敷けなかった。

「あとの御三人様は別室へ」

と女中さんが言って弟が一緒について行った。私は広い部屋の入口に寝てしまい、みんなそれぞれ床の中に入ったが、夜中に元気な若い人が二人だけ帰って来た。温泉町のバーか何所《どこ》かをうろついて帰って来たのだが夜中の二時頃で酔っているから元気がいい。

「俺の寝る場所はどこだ〳〵」

と大騒ぎをしてみんなを起してしまった。あとの三人の別室へ弟だけは行っているがその部屋はどの部屋だか誰《だれ》も知らないのである。探してやろうと私は起き上って廊下へ出た。だが、やたらよその部屋を開けるのは失礼だから女中さんを起して聞いてみようと思ったがその女中さんの部屋がどこだか判らないのである。（駄目だな）と思って部屋へ帰ろうとすると階段の所で私は立ち止った。二階の方から凄《すご》いイビキが聞えるのである。（そうだッ）と、私は階段を上ってイビキのする方へ進んで行った。イビキを頼りにその部屋の前まで行って、ドアをあけるとその部屋に弟が寝ていたのである。これが唯《ただ》一度だけイビキが役にたったことだった。

私の兄もイビキが大きく、いつだったか弟と兄が同じ部屋に寝たことがあった。朝になって弟が、

「兄貴のイビキで目がさめて朝まで眠れなかった」

とこぼしていたことがあったけれど弟より兄の方が大きいらしい。

「どのくらい大きいイビキだった？」

と聞くと、

「まあ、大江山の酒呑童子《しゅてんどうじ》がタライのような盃《さかずき》で酒を飲んで、雷のようなイビキで寝たというけど、まあ、大江山の酒呑童子のイビキを想像すればいい」

と教えてくれたことがあったけど私の兄のイビキは大したものらしい。私は寝れば朝まで起きるなんてことはないからよく知らない。いつだったか兄が上京して私と同

じ部屋に寝た。朝になって、

「ゆうべは桃原さんのイビキで目がさめて朝まで眠れなかった」

とこぼしていた。桃原さんというのは私の別名である。

「そんなに大きかったの、どのくらい大きかった？」

と私は聞いた。自分のイビキがどんなに大きいか知りたかったからだ。

「まあ、九州の、雲仙嶽《うんぜんだけ》の湯のにえくりかえる音、あの地獄の、叫喚地獄と同じぐらいだ」

と言われて私は驚いた。雲仙嶽の地獄の音と言えば機関車の音よりひどく、耳を近づけて話そうとしても話が出来ない程ガラガラと煮えかえっているからだ。

「まさか、そんなに」

と私は怒りだした。自分のイビキが大きいと言われればいい気持はしないものである。

そんな大きいイビキをかく私が井伏鱒二先生と一緒に、山梨の或る宿へ泊ったことがあった。夜、寝る時になって井伏先生が、

「私はイビキをかきますからネー悪いですな――」

と言われたので私は驚いた。驚いたと言うより困ってしまったのである。私が先に言って謝まっておかなければならないことを先に言われてしまったからだった。

あわてて、

「私も、イビキをかくので――」

と言ったが、井伏先生はそれ程のことはないというような表情で気にしてはおられないらしいのだ。(困ったなァ、どうしたら僕のイビキの大きいことをお知らせ出来るだろうか)と私は気がきでなかった。大体の大きさを説明しなければ申しわけないのである。

「でかいですよ、私のイビキは。身体は小さいですが」

と申し上げたがまさか雲仙の地獄ほどだとは思われないらしく平気の様子である。その時私は(ひょっとしたら)と思った。人は見かけによらないものだから、ひょっとしたら井伏先生は見かけによらない大きなイビキではないかと思った。「イビキをかきますからネー」と言われる様子は自信たっぷりである。(どのくらい大きいイビキかしらん?)と私はふっと知りたくなった。作家というものに私は興味を持っているらしい。

その晩、床についた私は耳をすましていて眠らなかった。井伏先生はなかなかイビキをかかないのである。三十分位待っていた。そのうち私はいつのまにか眠ってしまった。

　朝になって私が目をさました時は井伏先生はまだ眠っていられた。（うまいぞ）と思って窺うとイビキをかいている様子である。よく聞えないから私は頭をのりだして耳を立てた。それから（なーんだ、こんな小さいイビキだったのか）とがっかりした。それから、（やっぱり、イビキにも品位があるなァ）と思った。井伏先生のイビキの音を聞いているとノドカな感じになってしまったからだ。山の旅で、小鳥の声も聞こえてくるし、かすかなイビキの音はウララカなものであるといいものだ）と私は気がついた。そのうち先生もおめざめになった。私が寝た方の隅のテーブルの方を一寸眺めて、

「ゆうべ、大きい音がしましたネー、その辺で」

とおっしゃったが私は（ボクのイビキのことでもないらしい）と変に思った。

「猫でも入って来たのですか？」

とお尋ねすると、

「いいや、ちがいますネー」

とおっしゃった。ボクに責任はないことだけど念のために、

「あの、わたしですか？」

と聞いてみた。

「そうでしたネー」

と言われて私は呼吸が止ってしまうのではないかと思う程ハッとした。私は目がさめてから右の足首が痛くて痛くてたまらないけど、（さては、俺が、あのテーブルを蹴《け》とばしたのだな）と気がついた。（さあ大変だ）と途方《づ》にくれた。私は夜中に暴れる癖があるのである。子供の時からで、小さい時、八畳吊りの蚊帳《かや》の中をゴロゴロ転げて、

「トオ〳〵カヤを吊ッ手モロトモぶッ切った」

と言われたり、

「隣りに寝ていた弟を、のりこえて」

と、よく言われた。私は井伏先生に言われて（さあ大変だ、夜中に暴れることを、ゆうべお詫《わ》びしておかなかった）とがっかりした。（これで、先生にも、ボクは嫌わ

れてしまうだろう）と観念してしまった。幸い先生は寛大に扱って下さったらしく、その場かぎりで忘れて下さったようだが冷汗が出る思いだった。

「ワケは許してネ」日記

「楢山節考」が中央公論の新人賞に当選して掲載されたが私は活字になった自分の小説を読むことは出来なかった。恥ずかしくてたまらなかったからだった。が、私の弟は雑誌が発売されるとすぐに読んでしまったのである。勿論《もちろん》、原稿では読まなかったので雑誌が出るのを待っていたように好奇心で読んだらしい。

読むとすぐ僕に、

「アノコトを、書かなくて、よかったなア」

といった。この言葉が読後の感想の第一声なのである。

あわてて私も、

「そうだッ、よかったなア、ほんとに、もう少しで書いてしまうところだったのに」

と言って胸をなでおろした。それから私は（あの楢山節考はダメの小説だ）と思った。アノコトというのは、今、ここで書くのも恥ずかしいワイセツなことである。実は、私は小説というものには、どこかに、一ヵ所ぐらい性のきわどいところがなければ傑作とか、力作とかとはいわれないものだと思っていた。なぜだか知らないが僕はそんなような気がしていたのである。

「有名な小説は、みんな、きわどい性の描写が入っている」

と、ふだんヒトが言っているような気がしていた。だから、そんな個所をぬかしてしまったからあの「楢山節考」はダメだときめたのだった。(ダメでもいいや、あそこの所へアノコトを書いたりするより、ダメの方がいいさ)と思っていた。これは弟もそう思っていたらしく書かなくて(よかった)と言っているのである。アノコトというのは主人公のおりん婆あさんが石臼《いしうす》にぶッつけて歯をかくところに変な歌の説明が入るのである。

俺家《おらん》のお母あやん納戸の隅で

〇〇〇の毛を三十三本揃《そろ》えた

の歌の「毛を揃えた」ということは誠に説明しにくいことで、つまり、うちの女親は淫《みだ》らなことが好きな性質で、一寸亭主が山へ仕事に行った留守にも我慢が出来ないで三十三回もひとりでタノシンでいる、という実に女性を侮辱するヒドイ言葉なのでである。おりん婆あさんはこのヒドイ言葉で「歯を揃えた」とまでいわれたのだから大変な意味でも侮辱されたわけである。

「なんだ、そのことをいったのか、俺はアノコトを書かなくてよかったと思っていたのだ」

と弟にいわれたので私は驚いた。

「アノコトって、なんだい？」

とアベコベに私は聞いた。

「アノコトさ、そら、あの、変な歌の前奏だよ」

と言われて、

「ああ、そうか、アノコトなら書く隙《すき》がなかったんだ、どこに入れていいか、わからなくなって、やめてしまったんだ」

とボクは笑いだした。それから（そんな、バカの前奏を、小説の中になど書けるものか）と思った。そのバカな前奏というのは、誠に説明しにくいことで、今だから恥をしのんで書くのだが楢山節の前奏は口で歌うのである。鹿児島小原節や、佐渡おけさの口三味線のように「お父《と》ッちゃん女好き、お婆あやん豆が好きで」と囃《はや》したててその後がいけないのである。私の子供の頃、年寄りを馬鹿にする言葉――ことわざのような言葉があって、誠に申しにくいがはっきり書けば「おじいやん、ばあやん、豆のウンコをビチビビチビチ」と独特の節の様な抑揚をつけていうのである。これは老人は胃腸が弱く、すぐオナカをこわして排泄《はいせつ》物がやわらかく下痢ばかりをしているということで（老人が硬い便をすることは余り立派なことではないが）それ以外にも、老人は不潔だという意味も含まれているらしい。弁解するようだが僕はそんな変なことを子供の頃歌わなかった。オトナになってから幼児などをあやす時に、そんなことを歌って泣いている子を笑わせたりする子守唄《うた》のように冗談にいう時だけだった。

楢山節の前奏の口三味線は「おッちゃんオンナ好き、おばァやん豆が好きでウンコをビチビチビチ」と囃したてて、ポンとギターの表胴を叩《たた》くのであるが、そのポンと叩く音が、水洗式ではないトイレに排泄物が落ちる音に似ているのである。たまに、私がそんな囃しをふざけて、ギターに合わせて唄うことがあるので、楢山節考が当選すると、

「アノ歌のことを」

とみんな腹の中では驚いていたらしい。驚いたり不安がっていたのである。弟も、テッキリそのことを書いたのだと思っていたが、小説を読んで、そのことが出て来なかったので安心したらしい。書かなくてよかった〳〵といっていると、

「そんなことも、みんな書いてしまってもベツだん、かまったことはないですよ」

と後で言われたので家の者はまたびっくりした。それをいった奴はある田舎出の大学の学生である。

「バカなことを言っちゃ困るよ、あの場合そんなことを書く必要などないよ」

と私はその学生の顔を眺めた。その学生は顔を眺めただけでも肩のこるくらいにまじめな田舎出の学生である。（そんなバカなことを言うけど、コノヒトは）とボクは内心田舎者の心臓の強さ、無鉄砲な度胸に呆れ返ってしまったのである。そうするとその学生は、

「いや、書いても小説を傷つけるようなことはないと思うけど」

というのである。

「なにも、そんなことを、わざわざ入れる必要はないよ」

と私はがんばった。そうすると、その学生は目を光らせて、

「いや、いい小説は必ず、キタナイことやエロのことを特別こまかく描写するものですよ」

と言われてボクはハタと膝《ひざ》を打った。（ああやっぱり誰でもそう思っているんだ、だから、ひょっとしたら、エロの描写は入れないより入れた方が真実性があるのではないか）と気がついた。

それで、

「作家というものは芸者とおんなじだから少しお色気の方も入れた方が入れないよりもいいじゃないかと思うんだけど」

と言うと、その学生は、急に目の色を変えて、

「えッ、そんなつもりで楢山節考を書いたんですか！」

と言って怒りだした。（さあ大変だ）と困ってきた。

「まあ、ソンナに怒らないで、トニカクかんにんして下さいよ」

と謝まったが、（作家だって芸者とおんなじで客に芸をしてみせるんだと思うけど芸者という言葉は男にでも女にでも使っていいと思うんだけど）と僕は腹の中で不満に思った。

ワケを説明すると、かえって怒られることが僕にはよくあるので、そんなとき、ボクはいつでもなんだか知らないけど謝まらないより謝まった方がいいと思って謝まることにしているのだ。

分らなくなってしまう日記——小説家の小説読み

深田久弥先生のお宅と私の家では百米《メートル》ぐらいしか離れていない。だが、お逢《あ》いすることが出来たのは此の頃《ごろ》である。それまで、深田先生と私とは間違えられることがよくあった。近くの中華そば屋から注文もしないのにラーメンが届いて、

「あれ？　頼まないけど、丁度いいところへ」

と食べていると台所で出前さんが顔を出して、

「今のは、フカダセンセイと間違えたのですが」

と文句を言いにきた。

「そ、そんなことを言われても困るなあ、手をつけてしまったものを」

と、間違えた方が悪いのだと僕は思うんだけど出前さんの方では、

「忙しいから、フカダとフカザーでは間違えても当り前ですよ」

とブツブツ言うのである。

「そ、そんなことを言ってないで、早くお代りをこしらえて、急いで届けてくれよ、それだけど、俺が食ってしまったことを深田先生には内緒にしておいてくれよ」

と、あわてたこともあったり、洗濯屋さんが深田先生のワイシャツを間違えて届けたのを知らないで受取って、いく日もたってから着てみて、

「あれ？ 変だな、このワイシャツは少しちがう様だけど」

と、念のため襟のネームを調べると「フカダ」とあるので、

「大変だ〳〵、深田先生のワイシャツを黙ってオレのところへ置いてった」

と洗濯屋へ騒ぎに行ったことなどもあった。この頃は、出入りの酒屋の平二さんが「ヒマラヤの先生」と「ナラヤマさん」と、はっきり区別した言い方をしてくれるので「うまいことだ」と思っている。が、これも、電話などでは間違えられそうで危い。

そんなわけで、一度も御拝顔したことのないというのも変なので、一度お詫びしたいと酒屋の平二さんに、

「よオ、深田先生の家へ連れてって下さいよ、紹介して下さいよ」と頼み込んだ。

「ちょっと待って下さいよ、ちょっと深田先生にきいて来ますから」

と飛んで行った。すぐ帰ってきて、

「ダイジョブダイジョブ」

とお許しを得たので二人でブラブラ出かけて行った。垣根の外から庭を覗くと、豪華な金襴《きんらん》の本がいっぱい並んでいる書斎が見えた。

「凄く本を持っているヒトだ」

とおっかなくなってきた。

「山の本は写真が多いから普通の本とは違って値段が高いものですよ、わたくしも、この位持っていますがねー」

と平二さんは言って一米ばかり手を拡《ひろ》げて見せた。

「えッ、あんたも、そんなに」と驚いた。

「あー、わたしゃ山が好きで休みには山へばかり行ってますよ、山登りぐらい面白いことはないですよ」

と平二さんが言うので驚いた。ボクは山に囲まれた甲府盆地に育ったのに登山には関心がなかった。だから山の本などは読んだことがなかったからだ。深田先生の書斎の本は、

「あれは、みんな、山の本ばかりですよ」

と酒屋さんが教えてくれたので益々おっかなくなってきた。私は登山をする人の気持などサッパリわからなかったからだ。(全然、話も出来ない無知な奴が来たものだと思われそうだからおっかなくなったのだった。だが、垣根の外から見える庭に、菊の花が一株、ぽつんと、真ん中に咲いていた。それで(登山家だなんて言うけど、案外、あたたか味のあるヒトらしい)と私は気が軽くなった。僕は登山などする人はツマラナイことをするものだと思っていた。ロクな人間ではないと思っていた。政治家は皆、土建屋がやるもので、官吏は一番嫌いで、これは前世紀の爬《は》虫《ちゅう》類が残って棲息《せいそく》しているものだと思っていた。芸能人は蛆虫《うじむし》だと思うし、教育家や宗教家はゴロツキの様なものだと思っていた。だからボクは人間など信用しないし、相手にしない心掛けでいたのである。ただ、奇蹟《きせき》的に、時々発見する人だけを相手にしていたのだ。深田先生はその奇蹟的の一人だった。ぽつんと、庭の真中にある一株の菊の植え方に私は美しい跡を発見した。

「あの菊は、どなたが植えたのですか?」と私はおたずねした。

「ときどきあんなことをしますよ、私が、買ってきて」

という御返事で僕は（やっぱりナ）と思った。ボクのカンはたまにしか当らないけどこのカンは当った。ヒマラヤ紀行「雲の上の道」を読んで登山家の美しい心境に私は愕然《がくぜん》とした。表紙のヒマラヤの写真がヌードの清浄さに似ているのも意外でこれも発見だった。表紙の写真を見た途端、僕は急に葡萄《ぶどう》が食べたくなった。あのなめらかな触感にボクは覚えがあるのかも知れない。ヌードも葡萄もボクは尊いと思うからかも知れない。それよりもっと感動したのは深田先生が登頂を断念するところだった。修道院の奥に隠されている美女の恋人に逢いに行くように、あれ程あこがれて、仕度して、苦労して行ったのに、焦躁《しょうそう》も、悲嘆の涙もなく、眺めるだけで未練もなく山をおりる心境に私は愕然としたのである。そして深田先生は始めからそのつもりで出掛けたのである。飛車や角行や桂馬《けいま》や香車で王将を攻めるようにしてエベレストに登頂して宣伝したり、金銭とか、名誉とか、美人とか慾望《よくぼう》の叫喚のこの世の地獄の中に深田先生の山を去る姿は菩薩《ぼさつ》の姿だと気づいたからだ。読み終って私は（この世の中は面倒臭いものだナ）と思った。幸か？　不幸か？　此の頃ボクは美しい人間を、いく人もいく人も見つけだすのである。そんな筈はないと思っていたからだ。ああまた、思いがけないところに、こんな人がいたのだと僕の計画していた人生の予定が崩れてしまうのである。一体、過去の死んだ人達は、人間を美しいと思って死んで行ったのだろうか？　それとも、僕のように餓鬼だとか畜生だとかと愛想をつかして死んで行ったのだろうか？　悪態をついて、吠《ほ》えて死んで行く者がないのは臨終の時になってナニモノかに降参するのだ。それで菩薩になれるのだと思うけど深田先生の様な即身成仏した姿に接すると（登山家なんかに）と今まで思っていたボクは「さあ、大変！」である。予定が狂って、この世の中がだんだんわけがわからなくなってしまうのだ。

おいらは淋しいんだ日記——オー・ロンサム・ミー

やっと結婚から逃げだすことが出来た。ずーっと、数年間も一人の女性と結婚を目標にして交際してきたが式をあげるのを延ばしていたのは（もっと、一人でいたい）という気持があったからだ。

その矢先、彼女の方から破約の申し出があったのである。

（これでまた一人になったのだ）

と自分に言いきかせて心のどこかで拍手しているような気がするのは何故だろう？

これは恋に破れた僕の告白だ。戦争が激しくなりだしの頃——昭和十七年のことだった。それから、おいらは、これに似たことを何回もくり返したんだ。

おいらは自分一人が生きて行くのに精いっぱいなのだ。意気地なしが伴侶《はんりょ》なんて言って道連れを欲しがるのじゃないかな。おいらは伴侶なんて持ちたくないんだ。おいらは責任者となるような気がして自信がないのかもしれんな。きっと、そうだ。ちがう〳〵、もっと別のわけがあるかもしれない。

おいらの長い間築きあげた──というより、作ってしまったという雰囲気はとてもツブシてしまうなんて残念だよ。その雰囲気というものは「乞食を三日すれば一生やめられない」という気まぐれな生活状態なんだ。子供なんて作る奴はアサハカな根性だ。迷惑するのはその生れた子供だぞ。おいらは少年の頃から、よくおふくろに、

「なぜ、俺を生んだんだ」

と文句を言ったんだ。そうすれば、おふくろも返事に困って何も言えなかったんだ。愛情というものはおいらの自由を束縛する夜叉《やしゃ》の呪文《じゅもん》なんだ。おいらの心は縛られたくないんだ。おいらは決して縛られたくないんだ。おいらは決して一人の女性だけに忠義を尽す──精神を捧《ささ》げるなんてバカ〳〵しいことは出来ないんだ。これは恋愛ばかりではなく母性愛だってそうだ。迷惑なことで閉口するよ。おいらは母性愛の喪失した時──つまり、おいらのおふくろが死んだ時、「人間は解放されたんだ。おいらも解放されたんだ。よかった〳〵」と。

愛するということは、ちょっと、いいねえ、時々、相手が変れば新鮮な果物にガリッとかぶりつく、そのちょっと前の気持によく似ているねえ。だから特定の女性でない方が気が楽でいいんだ。

聖書には次のようなことが書いてないのが不思議だナ。

「その時、主は群集に向って叫んだ。

プラトニックなラブというものはセックスと共に消えてしまうのである。つまり、夫婦の間柄では恋愛などどうしてあることがあるだろうか、そして、夫婦生活という城塞《じょうさい》を築いて世の中の人々と戦うのである。

羊たちよ、さあ、あなた達は急いで離婚しなさい」と。

おいらがイエス様に不満なのはそこなんだよ。

おいらは淋《さび》しいんだ。おいらはオカシクて仕方がないんだ。みんなオカシイことばかりなんだ。たとえば――泣きごとを打ち明けられたり、高価な衣裳《いしょう》をつけたり、一生懸命仕事をしたり、他人の悪口を言ったり、怒ったり、酒を呑んだり、タバコをのんだり、自動車を運転したりすること。

みんなオカシクてたまらないんだ。おいらが気持がいいことは、ちょっと、まあ、淋しいような時だ。淋しい時はオカシクなくていいねえ、銀座の千疋屋のパッションン・シャーベットのような味がするんだ。淋しいって痛快なんだ。

私の途中下車

日録

十一月三日

小説「風流夢譚」の騒ぎで御厄介になった成城警察署の家族慰安会にギターを弾きに行く。お客は家族づれの子供が多い会だから私のクラシック・ギター独奏などはつまらないと思うが、行かなければ出演料がタダなので「それだから来ない」などと思われそうな気がするので、そんなことは思わないが芸人のヒガミ根性で出かけて行く。だが、行ったら、あの当時の護衛に来てくれた刑事さんたちが揃《そろ》って受付にいて「やァ、やァ」と、まるで同級生に逢《あ》ったような気分である。

司会は当時の隠れ家の「おとっちゃん」——吉井さんで、林家三平さんなども来ているし、トップ・ライトさん、他に剣舞や紙切り、奇術や曲芸などもあって祭りのような気分なので、ゴキゲンになる。帰りに記念品を貰《もら》ってくると、お寿司の弁当に酒がついていて、豪華なアルバムを貰ってくる。

帰りに弟の家に遊びに寄ると、甥《おい》のいちぞう君のバンドの学生が来ていてさかんに練習をしている。バンドの名は「B・R・セブン」といって、ブルースとロックが得意な七人編成で私がマネージャーである。みんなおとなしすぎる学生たちだが、演奏はやはりドライである。私がバンドのマネージャーをやるのは十年ぶり、終戦後すぐにおっぱじめて二十七年頃《ごろ》まで、こんどで十年目なので、十年ひとむかしと、ぱーっと十年前のことを考える。その頃は、どんなバンドでも稼げたがいまはどんどん勉強しなければ稼げない。一日たてばもう新曲が出ているのである。私は楽譜を探したり、稼ぐ場所をみつけなければならない。早速、口をかけると雑誌「新婦人」のクリスマスパーティーと黒門会館のパーティーの口がきまりそうなので気がラクになる。

昨日、私のアパートではゴタゴタがあって、外国人夫婦が喧嘩《けんか》をして困るのでその大使館に陳情に行くことになっていて、その署名を集めるのだが私が署名の文章を書くことになった。こういうものの書き方を知らないので「一号室の部屋では夜の十二時すぎから二時、三時まで喧嘩をして困ります」と書いて以下に署名捺印《なついん》することになった。「前略」も「拝啓」もいらないと思うので簡単すぎて変だが、それでいいのだと思う。

アパートでは男は出勤してしまうので奥さん連中ばかりで男性は私がひとりである。みんなで階段の下に集ってその大使館に行く相談をする。きっと私が代表して行くことになるだろう。今夜もその打合せの予定。

今月のはじめから小説「千秋楽」を書くことになっているが今月になってまだぜんぜん書いていない。なんとなく情けなく思う。夜、テレビのボクシングを見る。

十一月七日

こないだからアパートの私の部屋の表札が変ったので郵便屋さんやラーメン屋さんがまごついているそうである。「越すんですか」と管理人に声を掛けられて私の方もまごついた。いままでの「ジミー・川上」の表札が「丸木バレンチノ」に変ったのは私の愛称が変ったのである。

武田泰淳先生の「ニセ札つかいの手記」の主人公は私がモデルだというのでこれを機会に十五年以上も使った名、八年もはってあった表札を新しくしたわけである。それにバレンチノなどという有難い名は自分から名乗りをあげるのはオコガマシイが武田先生がつけてくれたのだから天下晴れて名乗れるわけである。

十一月八日

午後四時、メロドラマ氏と実弟の家で逢う。彼の、この名は私がつけて私だけしか通用しない名である。人妻と出来て、奥さんに知られて、奥さんも彼も人妻も泣いたそうである。それから私は彼をメロドラマ氏と呼んでいる。デザイナーだから暇らしく夕めしまでたべて遊んでゆく。用件は私の頼んだ化粧水を持って来てくれたのである。

テレビは選挙のことをやっていて政治家の長い顔が写って物価の値上りを盛んに気にしている。テレビを見ながら私はメロドラマ氏に、

「物価の値上りということは人間の価値が下ることになるのだから天の正当な判決である。いつから人間は、カボチャやリンゴやだいこんより高い価値になったんだろう」

ときけば、メロドラマ氏は私の質問には答えずに「人間の価値を下げるには食用人間というものを作ればいいでしょう」と言う。「人間の肉などまずくて食べる人はな

いだろう」と私が言う。「うまい肉に改良するのですよ。トマトやジャガイモなども改良して人間のくちに合うように美味くなったのですよ」とメロドラマ氏言う。私、「あなたはそういう小説を書けばいい」と言えば、「小説など書くのはイヤです。作家はアタマを使うからインポになります」と言う。私、「インポになれば結構じゃないですか。変な圧迫がなくなって」と言えば、「イヤです。インポになるなら死んだほうがいい、娼婦《しょうふ》は女の生活で最高です」とメロドラマ氏言う。弟、「あなたはパアか、精神異常者ですよ」といえばメロドラマ氏帰り出す。あとで弟、「あんなやつがいるとめしがまずくなった」という。私、両方とも気の毒に思う。

夜、テレビのボクシングを見る。私の好きな沼田義明がやるが、今夜、相手にダウンを与えなければ沼田は嫌いになるだろう、二ラウンドで沼田がアベコベにダウンしてしまう。そのくせバッテングで相手が止めたので沼田のTKO勝ちになる。なんと情けない勝ち方だろう。もう一度だけがまんして沼田に期待をする。

十一月十四日

ミスター・ヒグマときんぴらゴボーの話をする。彼は日ごろ「きんぴらゴボーを食いたい」ということを強く考えているそうである。私もきんぴらゴボーの話が出ると食いたくなったので二人で作ることにした。

ミスター・ヒグマというのは私が彼を呼ぶ愛称で、この頃、熊《くま》のような感じのする体格になったからだ。彼はすぐ近所でずっと子供の頃から知っている青年である。前にちょっと、ボデーガードを頼んだことがある。ただ遊びに来るだけだが彼は用心棒だと思っている。私も彼を用心棒だと思っている。

きんぴらゴボーは、ずっと昔、「コーヤンの娘」というのが人夫の嫁になって私の家の裏に住んでいて、きんぴらゴボーを作って持って来てくれたのが私には忘れられない味である。太く四角に、長く、柱のような型に切って、一くち食えば口の中が火事になったように唐がらしがきいて、誰《だれ》も食べなかったが私がひとりで食べてしまって、いまでもあのきんぴらゴボーはうまかったと思っているのである。

「そういうきんぴらゴボーなら食いたい」と言うと、ミスター・ヒグマは食べるということと作るということにあこがれているらしく、たのしそうに彼が作りはじめた。唐がらしを入れる時だけ私が手伝ってきんぴらゴボーが出来上がった。二人で食べる。彼はもとからえがいていたきんぴらゴボーのイメージを抱いて食べ、私はコーヤンの娘のくれたイメージを抱いて食べる。

「辛すぎる、頭がかゆくなる、顔から汗が出る」とミスター・ヒグマは言う。彼はカライものを食べると頭がかゆくなるのである。私はカライものや冷たいものを食べると背中がかゆくなるそうである。私は笑うと背中が痛くなるが、彼は笑うと腹が痛くなるそうである。個人差というのだろう。

夕方、ミスター・ヒグマのお母さんと道で出逢う。「このごろ、おちついています、おかげさまです」と私に礼を言う。また「よろしく願います」と言う。私はいい遊び相手だと思っているので変に思って、「こちらの方で遊んで貰っています」と言うがむこうでは「よろしくお願いします」とくり返して言う。変なことだと思う。

十一月十六日

道を歩いていて、すれちがった男の顔を見てハッとする。一年ぐらい前、私の部屋の前で「忘れた頃に思い出す。深沢七郎だナ」と騒いだ男である。人夫らしい四十歳ぐらいの男である。私は顔を覚えていて、すれちがっただけで判ったのでその野郎の後をつけて行く。奴《やつ》の家を知りたいとつけたのだが駅の改札口に入ってしまったのでどこかへ出かけるらしい。
きっとまた、あそこで逢うかも知れないのでいつか家をつきとめて、何かでインネンをつけてやろうと思う。なんとなく嬉《うれ》しくなる。ボクシングか空手を習いたいと決心する。

十一月二十二日
夕方、ミスター・ヒグマの知り合いのヒトが来る。「何か食べに行きましょう」と言う。また、「何が好きですか」ときかれる。何かおごってくれそうなケハイでいやに誘うがこのヒトは一度逢ったきりなので私は遠慮している。彼は「お金持ってるから」と言う。結局、渋谷にでも一緒に行くことにする。渋谷に行くと彼は池袋に行こうと言ってタクシーに乗る。彼の名は知らない。タクシーの中で彼は「三万円持っているが急いで使ってしまわなければ」と言う。私、変に思う。
わけをきくと彼は自分の奥さんの金を持って来てしまったのだから急いで使ってしまわなければ困ると言う。「私が預ってあげるから、少しずつ使えばいい」と言っても彼は「ダメです」と言う。奥さんに問いつめられると私に預けておくことが判ってしまって「とり返されてしまう」という。みんな使ってしまえば奥さんは「あきらめる」と言う。「使ってしまった」と言えばと私が言うが「ダメダメ、嘘《うそ》を言ってもバレてしまう」と言う。私、彼の正直さに美しさを吸収する。私もこんな風に正直になりたいときめる。

彼はいままでずいぶん奥さんには心配をかけたそうである。「甘えん坊だな」と私は言う。奥さんはバーで稼いでいるそうである。

二軒バーへ行って八千円使っただけで酒の飲めない私はツマラナイし苦しいので結局、私だけ疲れて途中で帰って来てしまう。彼と奥さんは美しい夫婦だと感心する。

小林秀雄先生のこと

京都で、小林秀雄先生に偶然お逢いできたことは私にとって不思議な出来事になった。私は骨董品《こっとう》には関心はないが自分の使う物などは自分の好きな物を選んで使っていた。だから、みんな実用品ばかりで飾って置くものではないのである。京都の町は骨董品屋が多いので通りがかりに、よく覗《のぞ》いて、私がいままで骨董品で買った物は机とタバコ盆、無精箱と小引出しぐらいなものだけである。それは古物だがキズがなかったから買ったので材料は紫檀《したん》だった。これは、私が木の材料が好きだからである。陶器は煎茶茶碗《せんちゃぢゃわん》の汲出《くみだ》しぐらいなもので、これは、酒を飲まない私はお茶が好きだからで、どれも新しい品である。

京都の町を、小林先生と一緒に歩いて私は不思議に思ったのは、いつも歩いている京都の町が、いつもと違う町になってしまったことだった。骨董品の店にはいると、いつもの私の目は木の物のところへ行くのだが、私は小林先生の後からはいって行って、ぼーっと店の中を眺めていた。私はいつもひとつの物を眺めるのではなく、店の全体を眺める癖なのである。そのうち、小林先生がひとつの物に指をさした。それで私もそれを眺めた。そのうち小林先生はほかの、ひとつの物を手に取りあげた。そうして、そうして私は（アレ、これはいいなあ）と思ってきたのである。が、私は別のことを考えていた。ずっと昔、若い頃女郎屋に連れて行ってもらった時のことだった。私が中学を卒業して間もない頃で一緒に行った人は友人だが私より五、六歳も年が上で結婚していて奥さんがお産をした時だと覚えている。自動車の運転手で、その運転手が、

「ありャアどうだい、マズかアねえら」

とオンナに指さして私に教えてくれるのである。そうして私は（そうだ、あれはいいのだ）ときめたのだった。そうして、その運転手は「あれもいいぞオ、マズかあねえら」と教えてくれて、そのたびに私は（そうだ、あれもいいのだ）と思ったのだった。私はヒトの言うことなどアテにしない性質で、もし、自分に判断出来ないようなことは信頼している人に相談するのだが、それでも自分の考えできめるのである。

だが、その運転手の時は私の判断するなどという余裕がなかったのはどうしたのか私は知らない。が、いま、小林先生が取りあげる物を、説明などしない。ただ、眺めたり、手に取りあげるだけだが、それは自分のために眺めているのである。そうして、その横で、私はそれを自分の眼で見ていたのだった。たのしいことだった。それは、水鉢の中を泳いでいる金魚を眺めるのとは違うのだった。白か、黒かと犯人をきめる善と悪とを別《わ》ける判断ではなかった。それは、善と悪とをきめる自分の眼を験《ため》している楽しい時だったのである。

白鳥の死

或《あ》る年の秋の、或る日曜日の午後で、雨がシトシト降っていた。私は或る駅の人ゴミの中で、偶然、知人に出会ったのである。

「正宗白鳥が死んだよ」

と私はそのひとに言った。昨日まで「正宗先生」と言っていたのだが、「センセイ」とか「サマ」などという敬称は、いらないのだ。どんな賢い者も、どんな阿呆《あほう》の者でも、どんな美しい者も醜い者でも、どんなに地位があっても、権力があっても死ねば誰でも同じ物になるのだから、私はほっとするのである。そうして、死者には敬称など関係のないことなのだ。敬称は生きているうちにその人の必要なものなのだ。だが、死骸《しがい》は、もう、なにもいらないのである。さっき、正宗白鳥は病院で死んで、私はそこへ行く途中なのである。

「どこかで、お茶でも」

と私はそのひとを誘って駅の横の喫茶店へ入った。病院では今頃、死骸の後始末をしていることだろう。たぶん看護婦さんと奥さんの二人で死骸の身体を拭《ふ》いたり、着替えをさせたりしていることだろう。そうして、駆けつける人などもあって、葬儀のことなどの打合せをしていることだろう。だから、私は病院へ行っても何も用事はないのである。

「とうとう死んだよ、俺《おれ》、借金を返したような、棒びきになったような気がするよ」

と私は紅茶をのみながらそのひとに言った。

「金を借りてたの？」

と、そのひとは私の顔を眺めた。

「ううん、べつに」

と私は口をとがらせた。金を借りていたのではないが、そんな風な気がしていたのだった。

「白鳥は、俺が初めて出した小説を褒めたんだよ、そうして、単行本のオビにその文句を使ったんだよ、出版社がそんなことをしたんだけど、俺は、そんなことをすると恩義をうけたような気がするんだ」

　と私は喋《しゃべ》りだした。単行本のオビに讃辞《さんじ》を使うということは出版社の宣伝なのだが私は自分勝手なことだと思っていた。恩義を受けた様な、申しわけない様な気がしていたのだった。私は恩義を受けたということは借金をした様なものだと思うのである。白鳥はまた、私にいろいろな話をしてくれたものだった。小説の世界がどんなものか知らなかった私が、めんどうな質問をしてもイヤな顔もしないで親切に説明してくれたり、味覚などについても長い経験でよく知っているので一緒に食べ歩いたものだった。その白鳥はさっき死んで、死骸になったのである。死骸になったのだから恩義とか借金もなくなったような気がするのである。白鳥の名は鳥の「スワン」と同じだが、名前なので記号のようなものである。記号だけれども私は一羽のスワンが死んだように思えるのである。ベッドの白鳥はまだ生きつづけていたかったらしいが、宿命の病は、胸に刺された毒矢に喘《あえ》ぐバレーの瀕死《ひんし》の白鳥のように思えたのだった。その白鳥は、昨日からは眠りつづけて吐息のように大きい息づかいで瀕死の病床に横になっていたのだった。昨日、白鳥の奥さんが「死んだら着せよう」と作っておいた白絹の死装束を家からとりよせておいた筈《はず》だから、今頃、病院で、死骸になった白鳥は白い姿になっていることだろう。手も足も鳥の骨のようにやせて二カ月病んだ老齢のひとりの男は死んで行った。三週間ばかり前、白鳥は終焉《しゅうえん》の日が近づいたことを知って、私達——奥さんと看護婦と私に、

「神様は、きっと、あたたかく抱いて天国へみちびいて下さるから」

と強く言ったのだった。（こんなにも信仰深い、こんなにもイエスを信じた男だったのか）と私は意外に思えたのだった。「懐疑と信仰」の著書を出している白鳥は、もっと、信仰には縁遠いものだとひとりで思い込んでいた私は、

（弱音を吐いたか、白鳥）

と思った。が、弱音でもないようである。その言い方は神の言葉のようにやさしいが信念の強い声なのである。（鳥の死ぬとき、その声は悲しく、人の死ぬ時、その言うや善し）とも思った。だが、そうでもないらしい。（なんとかして、死を安らかに）と努力しているようにも思えるのだ。

ふだん、白鳥は雑談で、

「善いことをしても、悪いことをした者も天国へ行けるのなら、不公平ではないか」

と言ったものだった。ベッドに横になっている白鳥を眺めながら私はその言葉を思

い浮かべた。真宗で、(善人すら往生す、まして悪人をや)というのは、へんだ。死ぬことは安住の場なので、悪人でさえ安住の場所が得られるのだから、まして善人に与えられないことはないのだと思いながら横眼でこの瀕死の白鳥を眺めていた。

白鳥はまた、

「ボクは、葬儀を、トラヤーヤーなどと言って、カーッと言われるのは厭《いや》だ、キリスト教でやってもらいたい」

と言うのである。これは葬儀のムードのことを指して言っているらしい。それにしてもさっきのイエスを信ずる言葉はそんなムードとか懐疑ではないのである。(やっぱり、神を……)と私は思った。が、それから私に不思議なことを聞くのである。

「キミは、キリスト教は、どう思うか?」

これは、自分は信仰しているが、私はどんな風に考えているかを知ろうとしたのだろうか。それとも、真のキリスト教徒は異教徒をみちびく使命を持っているのだから、これは私を勧誘しようとする慈悲心だろうか、それとも、自分の信ずることに同感を求めて慰められたいのだろうか、それとも、身の上相談のつもりではないだろうか。

私はあわてた。

（いまさら、私に）

と思った。私は聖書が好きで、いまさらこんなことを質問されるまでもなく、ふだん、いつも、話していて、白鳥はよく知っている筈なのだ。私の「楢山節考」のおりんはキリストと釈迦《しゃか》の両方とも入っているつもりで、そんなことは、白鳥はよく知っている筈だと思っていたのだった。

「あの、楢山節考の、おりんは、イエスさまにも似ていると思うけど」

と、私はせきこんで言った。私はキリストの愛も釈迦の無常観も同じように好きなのである。私はそのことをいそいで知ってもらいたくなった。

「私は聖書を何回も読みました。キリストの教えを尊いものだと思っています」

早口で言った。もっと、もっと、喋りたかった。前に、キリストの小説も書くつもりだったので、

「アラビヤ風狂想曲（カプリチオ・アラベ）という曲の名の題で、イエスが十字架にかかってから復活までの三日間の物語で、イエスと一緒に磔《はりつけ》になった強盗の家族が主人公で、ガリラヤ湖のほとりです。ゴルゴダの反対側です。人は死んでも生き返るということが魅力だった人達の物語で、イエスの磔は背景です」

と私は自分の筋書きを喋りだしたのだった。その時、ひょっと、ベッドの後方に啞《あ》然《ぜん》と立ってこっちを眺めている看護婦さんの姿に気がついたのだった。（そうだ、こんな小説の話などしている暢気《のんき》な場合ではないのだ）とまたあわてた。そうして、あの小説を書いておけばよかったのにと思ったのだった。短篇《たんぺん》だがイエスが魅力的に出てくるので書いておけばこんなことを説明しなくてもいいのにと後悔したのだった。そうして、それで、白鳥のほうでもキリストの話は止めてしまったのだった。

病院を出てから私は考えつづけたのである。あんなにもキリストを信じるなら洗礼をすすめてみようと思いはじめたからだった。だが、そんなことを老先輩にすすめるのは失礼な、生意気のようにも思えるのである。次の日、私は自分の尊敬するT先生の家へ行った。

T先生に、

「正宗先生はキリスト教で葬儀をしたいと言っています。イエスを信じています。偉い人の死ぬのは端で見ていてもラクですねえ」

と話して、

「そんなに信ずるなら、洗礼をすすめてみようと思うのですが」

と言った。これはT先生の意見をききたいのだがもし、賛成してくれたら一緒に行ってもらって、二人がかりですすめてみようと、そんな、一緒に行ってもらうことも相談に来たのだった。

「それはするでしょう、そういうひとだったら、最後の、その日でも」

と、すぐに決定的な答を与えてくれたのだった。そうして、私は、臨終の寸前、讃美歌にかこまれて白衣に包まれて水槽の中に浸る白鳥の姿を瞼《まぶた》に浮かべたのだった。そうして、それで、私はほっと安心して、（もう、すすめなくてもいいのだ）ときめてしまったのだった。私は、もう、洗礼することをすすめてしまったような気がしてしまったのである。

二、三日たって私は病床の白鳥自身の口から若い頃洗礼を受けたことを知ったのだった。（なーんだ、もう、すんでいたのか）と私は気抜けがしてしまったのだった。それにしても、こんなことは初めて知ったので自分の耳を疑った程だった。が、あとで考えれば、いつだったか白鳥はそんなふうなことを言った様な気もするのだった。これは、ふだん私は、聞いたことや知ったことを覚えておこうというような考えがないので、聞いたことをすぐ忘れてしまうからだろう。それにしても洗礼したなら洗礼名がある筈だと思ったのだった。（なんという名だろう、アントニオ・正宗かな、ヨハネ・正宗かな）と、はっきり聞いておこうと、

「なんという名ですか、洗礼の名は？」

ときいた。

「そんな名などない、ボクたちのときは、ただ、頭へ水をかけただけだ」

と白鳥はクリスチャンらしくない言いかたなのである。洗礼を受けたことを「有難い」とか「幸福だ」とも思っていないようなのである。（そんな、形式的なことは、ぜんぜん心にとめていない）とも私は思ったり、それとも、洗礼などという形式的なことは嘲笑《あざわら》っているようにも思えるのである。だが、

「家内は、ボクよりも熱心なクリスチャンだ、家内はよく研究もしている、家内は神学者だ」

と奥さんを讃《たた》えるように言うのである。白鳥のほうは洗礼を受けたが、あとでは懐疑を持ったので遠ざかっていたらしい。これは離教してしまったようにも思えるのである。だが、いまは神を信ずるのである。その日が近づいたのを知って懐疑を捨てたのだろうか。

ひょっとしたら、

（溺《おぼ》れる者は藁《わら》をも）

と思った。白鳥は死を怖れていた。ことに、去年あたりから逢うたびに「俺の身体は弱くなっている」とか「俺は、まもなく」と怖れるような、厭な顔附でよく言ったものだった。その日が近づいて何かを頼りたくなって、懐疑を捨てて神にすがりつこうとしたのではないだろうか、それなら、やっぱり、誰でもその日が近づけば弱い者になってしまうのだと私には意外にも思えるのである。

だが、白鳥はそれ程、愚かな、弱い者だとは思えない。聖書の中にも、経文の中にも臨終の肉体の苦痛を除いてくれるなどということはない筈なのだ。白鳥はそんなことを神に請負わせようとするほど愚かな者ではない筈なのである。四谷怪談のお岩は「口惜しい〳〵」という思いで臨終の苦痛など知らなかったのではないだろうか。赤穂浪士は「主君のために」ということばかりを思いつづけていたので死の恐怖など忘れていたのではないだろうか。幼い子達に囲まれて泣きつかれる臨終の男は困惑と悲しさで死の苦痛などを考えている暇はないのだろう。平和な白鳥は死の時の不安から逃れようと神にすがったのだろうか。恨みや不幸や狂信を持っていなかった一羽のスワンは平和だったから死の苦悩に責められたのかも知れない。それとも、老いた一羽のスワンはあとに残していく妻のスワンのために神の姿を残そうとしたのかも知れない。

イスカリオテのユダは利慾《りよく》のために銀貨30枚で師のイエスを捕吏に売ったが、イエスが死罪に決められたのを知った時、罪を悔いて銀貨30枚を返して首を吊《つ》って死んだ。キリスト教徒には自殺は許されない。懺悔《ざんげ》を救いとするからかも知れない。ユダを悪魔と言うが、やはり、ユダはキリスト教徒だと思う。イエスが捕えられたとき弟子たちは皆イエスを捨てて逃げた。ペテロだけはイエスについて行ったが、その夜、鶏が鳴く前に「私はイエスの一味ではない」と三度言った。イエスがよみがえったとき弟子達は疑った。

「信じて、行って、すべての人たちにバプテスマを施すように」

とイエスは言った。弟子達は疑いを持つことはあったが、やはりキリスト教徒だったのである。白鳥は疑いを持ったがやはりキリスト教徒だったのである。雌犬はいちどに五匹も六匹も子供達を産んで、母乳をやって、子供達の排泄《はいせつ》物をみんな食べてしまうのである。もし、雌犬がそんな行動に疑いを持ったらどうだろう。主義や宗教もいつまでも信じつづけて疑いを持たないなら雌犬と同じかも知れない。白鳥は、いつも、信じようと努力するために懐疑を抱いたのだろう。

四、五年前、軽井沢の白鳥の別荘に遊びに行った時だった。離れの部屋で白鳥と私はお茶とお菓子を食べようとした時だった。庭で老人らしい植木屋さんが白鳥の家の庭木の手入れをしていたのである。

「あのひとも、呼んで、いっしょにお茶を」

と私が言うと、

「あんなものはいいんだ〳〵」

と白鳥は顔をしかめて不機嫌になったのだった。白鳥は仲間を嫌ったらしい。聖書の隣人を愛するということなどには無関心だったらしい。平和な一羽のスワンには神の姿だけあればよかったのである。

私は奥さんと或る牧師さんの家へ白鳥の葬儀を頼みに行ったのである。その時、白鳥はまだ生きていたが葬儀のことを先に頼みに行ったのだった。白鳥は自分の葬儀を簡単にすませたいと思っていて、そのこともきめておきたかったのだった。そうしてその家へ行って牧師さんに初対面の挨拶《あいさつ》をすると、

「ああ、あの小説のかたでしたねえ、あれはヒドすぎましたねえ」

と牧師さんはすぐに言ったものだった。途端、私は（あッ、これは、白鳥が、私に与えた最後の慈悲ではないか）と気がついたのだった。私の「F」という問題になった小説、殺人事件までひき起した小説をキリスト教徒がどんな受け入れかたをしたのかを、質問したのではなく、偶然、私はこの言葉で知ったのである。長い間キリスト教徒は肉体の支配者と心の指導者――嘘を言ったり、騙《だま》したりして稼がなければならないことと、五切れのパンを五千人でわけて食べてまだ十二籠《かご》も余ってしまうという聖書の生活――の二ツの命令に従わなければ生きて行くことが出来なかったのでそんな矛盾に不感症になってしまったのである。私の目の前には牧師さんが腰かけているけど、

「聖書の教える行為など出来ないぞ」

という白鳥の声が大きく響いていたのだった。白鳥が隣人愛を行わなかったことは誰にも出来ないことだったのである。

白鳥は「もう、二、三日で」と思われながら三週間も呼吸していたのである。或る晩、私はテレビを眺めていた。喜劇の俳優たちが滑稽《こっけい》な物語を演じていて、スーダラ

節という滑稽な歌を唄《うた》うコメディアンが会社員になって泣く場面なのである。そのコメディアンは泣く演技の場面だが笑っているのだった。つまり、喜劇役者でも笑いと悲しみは二ツにわけて演技をするのだが、これは眼に手を当てて泣いている恰好《かっこう》をしているが表情は大きく笑っているのである。

「あッ！」

と私は驚嘆した。この喜劇役者たちは自分たちの生きる道をひとすじに生きているのである。

「キリスト教徒さえも不可能なのに」

と私はこの喜劇役者たちの発見した演技に「俺も」と激励されたのだった。

「白鳥に見せたいな、この」

と私は思わずつぶやいた。その白鳥は瀕死のベッドに横たわっているのである。

去年、私は汽車の中でひとりの男の側に乗っていた。汽車から船に乗り換えてまた汽車に乗るのだが、乗船名簿でペンを貸してやって、その男も私と同じ町に行くのである。その男は或る町から逃げて来て、私の行く町で職を探すのだそうである。

逃げて来たのは前の町で友人の身代りになって自首することを頼まれたが、身代りになるのが厭になったのだそうである。

「どうして、そんなことを頼まれたんだ？」

ときいた。

「長い間、遊んで、酒も小遣いも貰っていたから」

と言うのである。

「よかったなァ、逃げてきて、こんどの職は、そんな」

と言うと、

「うん、だいたい、ほかの友達から紹介されてきた」

と言うのである。

「なかなか、そんな職は、チョイチョイあるかなあ？」

ときいた。そんな職はめったにないように私には思えるのだった。

「遊ばしてもらうだけなら、あるだろう」

と言うのである。船の中で私は気が変って、

「もとの町へ、また、帰れよ、身代りになって自首すればいい」

とすすめたが、

「やーだよ」

と言うのである。二ツの道を生きてゆくのに不感症になっているこの男は、やはり、懐疑などないのである。

S市の狸小路《たぬきこうじ》で私は親子の門《かど》づけに逢ったのだった。父親らしい老人が三味線を弾いて娘はまだ二十歳ぐらいらしい。父親は盲目で片足は自由を失っているらしく両足を揃えて立ってはいるが歩くとき倒れそうな恰好になって、娘が肩をささえているのである。父親は乞食のような襤褸《ぼろ》の洋服だが娘は色あせているが花模様の着物で厚化粧で物乞いには珍しいほど美しい顔なのである。私はこの老人の三味線の音の不思議な妙音に惹《ひ》かれて後をついていた。娘は民謡を唄っているが、声も節まわしも下手で、ただ唄っているだけで父親を連れまわしているのが役に立っているだけらしい。商店街の店先に立つのだがゼニをくれる家は十軒まわっても一軒ぐらいである。ゼニをくれると娘が受けとって、父親に渡すのだが、私は、（あの女は、あんなことをしていては勿体《もったい》ないな）と思って眺めていた。（どこか、私が働き口を）と思っていた。そうすれば（もっと稼げるのに）と思っていたのだった。娘はゼニを貰うと父親の手に摑《つか》まえさせるように握らせて、盲目の父親はそのたびに紐《ひも》のついた古い財布を上衣《うわぎ》の内ポケットから引きだして丁寧に入れるのだった。(よく、あの女は、めくらの父親から逃げださないものだ)とも私は思いながら後をついていた。女なら、もっとほかの職業はいくらでもある筈である。何回か私は娘の方へ声をかけそうになったがそのたびに止めてしまったのだった。娘は逃げようと思えばいつでも逃げだせるのだが、そんなことをしないのは、(これは、親子ではなく夫婦かもしれない)と私は思いはじめたからだった。私はこの門づけのあとをついていながらふっと自分の道に気がついたのだった。ただ、ひとすじに生きてゆくこの門づけのように、(俺も、ぜったい、自分の道を)

と私は激励されたのである。白鳥はこんな風に懐疑を捨てたのかもしれない。

或る雨の降る日、一羽のスワンが死んだ。年をとって、やせて、よごれた色あせた羽毛のスワンは枝に突き刺されたモズの餌《えさ》のようにひからびたのである。まだ生きているスワンがそこへ行こうとしたが途中でほかの仲間に逢ったので道草をくっていた。

「とうとう、死んだよ、あまり死にたくもなかったらしかったが」

と一羽のスワンが言った。

「そりゃ、そうよ」

と仲間のスワンが相槌《あいづち》をうった。

「それでも、病気になったら観念したよ」

「急いで行かなくてもいいの？」

と仲間のスワンが首を傾《かし》げた。

「ううん、急いで行かなくてもいいんだ、もう死骸になったのだから、死骸のあとかたづけをしさえすればいいんだ」

と一羽のスワンは喋っていた。

初恋は悲しきものよおぐるまの日記

私の郷里（山梨）は養蚕が盛んで、農家では本業に次いで力を入れる仕事だった。農家では蚕に桑をやって成長させて繭になると製糸屋へ売るのである。製糸屋では工場で絹糸にするのである。繭を絹糸にするには釜《かま》の中で繭をゆでやわらかくして糸をひきだして枠にまくのである。その仕事をするのが「糸取り娘」である。糸取り娘は農家の娘が製糸工場に通って働くのだが家が遠方の娘は寄宿舎に泊っている者もあった。長野県の岡谷《おかや》市は製糸工場が多いので私の国からも出稼ぎに行く娘さんも少なくなかった。繭をゆでる釜はめいめいの前に一ツずつあって白い繭がゆでられて、それから五、六本の糸をひきだして枠に廻《まわ》るのだが、たえず五ツ六ツの繭が釜の中で糸につられているように踊っていた。糸の出きった繭はサナギになってしまうので糸取り娘はすぐ他の繭をからませるのが仕事だった。釜の中の繭は、ゆでられると真珠のように白く輝いて美しく踊っていた。糸取り娘が大勢揃って赤いタスキをかけて白い糸が枠へ廻っている製糸工場の光景は華やかなもので、若い男たちは溜息《ためいき》をついて窓から覗いたりするのである。だから、詩情あふれる田園のロマンスも数限りなく生れたりしたのだった。今は機械が発達したり絹糸の価値が低くなったので、糸取り娘も僅《わず》かになったらしい。私の思春期は中学二年生頃だから、たしか十四歳か十五歳ぐらいだった。糸取り娘は髪を大きくうしろに巻いた束髪で、洋装などは一人もなく、着物で、帯をしめて、パーマなどもかけない清楚《せいそ》な姿だった。そうしてこの糸取り娘が私には初恋の相手であり、始めての性の経験の相手だった。

私の覚えている糸取り娘は、寒い冬の朝、夜明け前、真ッ暗い中を凍った道を（今は表通りはアスファルトになったが、その頃は冬は道が凍ったものだった）ガタガタと下駄の足音が聞こえて、ふとんの中で私は朝の音だか、夜中の芝居小屋がハネて帰る客達の足音だか間違えたものだった。私は思春期頃は神経質なようだった。眠れないでいるうちにガタガタと下駄の足音をきいて、時々芝居小屋の帰り客の足音かと、まだ夜中だと思っていると、それは糸取り娘の工場へ通う足音なのである。少したつと、白々と夜があけて、「あかとき露に吾が立ちぬれし」ではなく、彼女も、凍った道を踏んで行くのだろうと、私の初恋の相手は家の前など通勤しないのだが道を歩いている相手の姿を想像して、ふとんの中で少年のようなボクは想《おも》いを寄せたものだった。今はもうスレッカラシになってしまった私も、あの頃のことは、いつでも頭の中にあざやかに刻みつけられている。

その頃、糸取り娘は中学生の間では敬遠されたものである。中学生の相手はやはり女学生だった。私は初恋の相手ばかりでなく、よく糸取り娘と映画を見に行ったのだった。

「あしたの晩は、石和《いさわ》館に活動がかかるから」と誘われたり、誘ったりしたものだった。

中学生は糸取り娘には可愛いがられて、年上の娘——二十二、三歳の娘さんまで私は相手にしたものだった。

「ヒチローさんは、機械工女と一緒に活動を見に行った」と、田舎のことだから誰ともなく評判になって私は友達や家の者にからかわれたものだった。糸取り娘は「機械工女」と言われて軽蔑《けいべつ》されたものだった。

「機械工女のそばへ行くと、サナギの匂《にお》いがする」とか、

「機械工女の手を握ったから、手が臭くなった」

　とか悪口を言ってるのを聞くと、私は真ッ赤な顔になったものだった。その頃は恋愛をしても接吻《せっぷん》などはなかなかしなかった。「手を握る」ということがよく流行《はや》ったのだった。菊池寛先生の「第二の接吻」という小説があって、題名だけで「凄い本だ」と思われていた時代だったのである。私は読まなかったが「ザ・セカンド・キッス」という言葉をよく使って、使っただけで不良少年に思われたこともあった。早熟で、中学一年だか二年の時、やはり菊池寛先生の「真珠夫人」という映画がかかった。当時、人気が高かった女優栗島すみ子の主演で、甲府の映画館へかかった時だった。

「見に行こう、〳〵」

　と言って母親と一緒に見たのだが、中学生の夏服（新らしい服だった）を着て見に行った。見終ってから母親に、

「よかったねえ、〳〵」

　と感激して何回も言ったことを覚えている。母親は変な顔をして、

「…………」

と黙っていたが、私は、その表情で、

(おッ母《か》さんも、よかったと思っているらしいけど、どうして、あんな、困ったような顔つきをしているのだろう?)

と不思議に思っていた。そんな時のことをよく覚えているのは、それ程、真珠夫人という映画に感激したからだった。

*

糸取り娘は「女工哀史」などと書かれて幾多の悲しい物語があった。朝暗いうちから夜暗くなるまで働いて、僅かな賃金しか得られなかったのである。その働いた金は親が酒を呑《の》んでしまったりして使われてしまったのである。昔は、女は十二、三歳で子守り娘に出されたり、女中になったり、機械工女になったものだった。子供を沢山生んで、畑は僅かしかなくて、親はそれで食べていたのである。年の暮、十二月二十五、六日頃、信州の岡谷の製糸工場へ行って働いている娘が帰って来るので父親が駅まで迎えに行くのである。家は駅の通り道だったのでよく私の家で休んでいた人があった。半日も前から来て、私の母親と話していて汽車の着く頃駅へ行くのだが、どの列車で帰って来るかも判らなく待っていたことを覚えている。娘さん達は同じ汽車で着くのでゾロゾロ揃って駅から降りるのだが、私の町から二里も三里もある村へ、迎えに来た人と帰るのである。娘は行李《こうり》をチッキで送って、汽車と同時に着くのだった。迎えの人が古い自転車に行李をつけて帰るのだが、迎えの人は父親か兄弟なのである。よく私の家の所で行李を縛りなおしたりした。

「今日は娘が帰って来て、ゼニを持って来て、ホクホクだね」

と、迎えの人は知ってる人などに逢うと言われるのである。

「そうさね、それがなけりゃ、年が越せんじゃーごいせんか、エッヘッヘ」

と迎えの父親は大声で返事をしたりするのだった。

「いくらぐらい持って来るずら？」

と私は母親に聞いたことも覚えている。

「たいへん持って来るよ」

と母が言うけど、どのくらいだか見当がつかなかった。

「いくらぐらいでえ？」

と私はしつこく聞いたことを覚えている。

「人によってちがうけど、五十円も、六十円も、稼ぐ娘は八十円も持って来るヒトもあるそうだよ」

と母が教えてくれたことも覚えている。田植が終ったあとの半年間の者もあったり、一年行ってる娘もあるらしい。一年で二十五円位しか持って帰れない娘もあったらしい。

「金の成る木のようなものですね」

と母が言ったことも覚えている。

「そういうことでごいすよ、エッヘッヘ」

と迎えの父親が言ったことも覚えている。

だが、中には、娘が孕《はら》んで帰って来ることなどもあるのだ。そうして、始末に困って父親が便所の中などでお産をさせるのである。そうして罪人となって、僅かに同情してくれる人だけに慰められるほの暗い過去を持つ者になるのである。父親と女親と娘と、三人で額をよせて真っ青になって相談する結果が、それよりほかに手段がないのだった。

＊

私の初恋の相手は若くて死んだ。十八歳で死んでしまったのである。糸取り娘は結核にかかる者が多かった。私の童貞が、別の、或る糸取り娘と、何の考えもなく、あっけなく、どこかへ消えてしまったのもその頃だった。

私は童貞などというものは実在しないと思うから、どこかへ消えて行ってしまったということもない筈だが、童貞などというものは物質的には泡か垢《あか》のような気がする。いやそうじゃない。童貞というものは捨てよう捨てようとするのだ。何か、背負っている荷物を置いてしまいたいようなものなのだ。処女というものは男にとって必要ではなく女自身に必要なものだが、童貞は女にも男にも何の関係もないもので、捨てるということが冒険なのだ。冒険はやってみたいことで、僕は年上の二十三歳だかの糸取り娘だった。初恋の相手とは互に思い合っているだけで、二人きりで話したことなどなかった。ただ、行きずりに逢えた時など、目を光らせて互に見つめあうぐらいだったのである。わずかな、はかない縁だが忘れられない。

紫の色こきときは眼もはるに野なる草木ぞわかれざりける　（業平朝臣）

この歌は一本の美しい紫草にひかれて、その野原のすべての草木が美しく見えるという業平の歌である。ボクの好きな歌だ。

糸取り娘といえば、みんな私はあわれになつかしい。

母を思う

私の母は歌を作ることは悪い事だと思っていた。歌というのはその地方々々で唄《うた》われる田舎歌のことである。その土地の悪口とかそこに住む人の悪口とか、格言のような歌もあったり、色欲をあざけったり、反対に、楽しんだりすることなども唄った田舎歌のことである。ふしがないので唄うのではなく読むように言うのだが抑揚があって鼻唄のような田舎歌である。例えば、だれかが病気になってお医者さんへ行こうとすると「医者にかかるなら奥さんを見て来い、ベッピンさんなら値が高い」などと言って、その医者は料金が高いことを知らせたり、また全然知らないお医者さんのことでもそんなことをブツブツ言ってその人を慰める意味を持っている歌でもあった。私はよく口から出まかせの替歌をブツブツ言うことがあった。冗談で言うのだがそんな時母は目の色を変えて「歌を残すものではない。そんな歌を、もし、だれかに聞かれて拡《ひろ》まると」としかられたものだった。悪口でない歌を作った時でも母は恐ろしがった。母は歌を作ることは罪悪だと私に教えたのである。

過日、武田泰淳先生のお宅へ行った時、私の他の随筆のことで「あれは文明批評がありますよ」と言われたとき私はギクッとした。母が恐ろしがったことはそれではないかという気がしたからだった。（悪いことかな？）と思ったが、武田先生は悪い事だとしかって下さる様子でもないのである。武田先生と私の母では立場も違うし、今は私は母のそばにいた時とは違った立場になっているのである。だが、私は変な苦悩を感ずるのだ。武田先生ばかりではなく他の人からも同じ様なことを言われることがあるからだ。随筆を書いても諷刺《ふうし》とか文明批評になってしまったら私は母との聖約を侵すことになるのである。特にこのごろ、そんな傾向が強くなってしまったようだ。私は哀れな自分を見つめるのだ。さびしいことだ。

この十月六日は母の命日だった。十一年前のあの日に母は臨終という大事業をやったのである。命日が来ると午後二時前後のあの時は、食べられない病気なので餓死と同じである。命日の日、その時刻が来るのがたまらなくなるので私は家を出た。買物に行ったり家へ帰ったり映画館に入ったりする。すぐ出てしまって知人に「今日、食事を一緒にしよう」と電話をかけたりする。私は食べることに復讐《ふくしゅう》のような気を抱いているらしい。母の病気中、私達はこっそり食事をして食べるということを悪事だと思っていたのだ。食べ物を人にすすめることも好きだ。特に老人たちに手土産などを差しだしたりした時、私は腹の中で(食べるかな?)と思ったりして、相手が受取ってくれると痛快にもなってしまうのだ。私は食べるということを不思議に思う時もある。「よーし、うんと食べてやるぞ」などと言ったりして笑われることもあるのだ。私の郷里では人が死ぬと、そのあとの七日のうちに雨が降らなければその人は天命で死んだのではないと言われていた。だから、死んだあとの七日間に雨が降れば「あゝ、あの人は寿命がなかったのだ」とあきらめるのである。母の葬式の日は快晴だったがその夕方から雨が降り出した。私は雨をあんなに美しいと思ったことはなかった。

母が小学校に上ったのは明治二十何年かで学校とは名ばかりで寺子屋の建物だったそうである。始めて教えられた歌は「地球のかたちは如何《いか》なるものぞや、まるきものにて一日一夜にひとめぐり」という歌だそうである。「ふしは?」と私はきいた事を覚えている。母が唄ってくれたふしはアメ屋が唄う八百屋お七の歌の様なふしだった。私が笑ったので一度しか唄ってくれなかったが、やさしいふしなので覚えてしまった。

正宗白鳥先生の随筆「今年の秋」を読んで私は驚嘆した。それは御令弟様の危篤を知らされるところから亡くなられるまでの様子をお書きになっているが、八十歳になられる正宗先生は死ということを平凡な現象と思われてお書きになっているらしいのである。僧侶《そうりょ》が葬式を知らされて出掛けるように私には思えたからだった。私は母と同じ心境を見つけたのである。母は彼岸の入りの日に——死ぬ十五、六日前で「もし、わしが変った姿になっても、それは悲しいことではないよ」と私は言われたのである。私はそのことを三年も前から予期していたのだ。「もう、三年しか」と思っていた私のカンは当ったのだ。だが、私もそれは言わなかったし母も言わなかったが行動では互に隠していた秘密だったのである。そうして、それは口では言わなかったのである。互に隠していた秘密だったのである。隠しているけど互にすきだらけだったのである。そうして、その秘密を母は遂《つい》に口に出してしまったのである。その時、私は「そんなことはないから」などという当り前な、平凡な答えしか出来なかったのだった。私の言ったことはみんな下手な答えばかりしか出来なかったのである。情けないことだと思う。

私の家では墓参りに行く時は何か新しい衣類を使うことになっていた。衣類が新品でない時は履物でもいいのである。私達は母から堅くそれを実行されていたのだった。この九月の彼岸に私は郷里へ墓参に行った。家を出る時、私はひょっと気がついた。「このままでは行かれない、これではふだん着と同じだ」とあわてた。そうして私はいつのまにかそれ程間抜け者になった自分を見つけたのだ。「ああ、靴下が新しかった」と言って気休めになったが、新しい物をおろす時は仏壇の前に飾って線香をあげることになっているのである。「靴下を、お仏壇へ」と思うと恥かしくなった。母が墓参りに行く時は前の日に髪を洗ったり、手や足の爪《つめ》まで切って行くので忙がしそうだった。私は墓参りに行くたびに母のあのオシャレに忙がしい姿を思いだすのだ。不思議なことに私の家に遊びに来るロカビリーの好きな人達は母のない者が多い。会長さんも副会長さんもそうである。私はまっ先になって声をはりあげて騒ぐようにロックを唄いたくなるのだ。

初刊本あとがき

ボクの過去はみんな流浪の旅ではないかと思う。あの問題になった小説「風流夢譚」から旅がらすのような流浪生活が始まったと思われているが、よく考えると、私はそんなことをくり返していたのだった。これは、住むところが転々と変ったことばかりではなく職業もそんな風に変ったのである。今まで、ずいぶん、いろいろな職業をやったものだった。やった職業を数えるより、やらなかった職業を数えたほうが手っとりばやいぐらいで、ダフ屋は縁がなくてまだやらないがポン引きはやったことがあった。ポン引きなんかはやさしいことで、本職と、町で、一緒に話をしながら「ようう」と目ぼしい人に声をかければそれでいいのである。あとは本職が引きうけて、この、声をかけるのが「うまい」と私は本職に賞められたこともあるが、お手伝い程度だったからポン引きの手先きというぐらいかも知れない。

とにかく、いろいろのことをやって、すぐアキてしまって、それが私の職業なのである。赤帽や行商人などはとくに面白かったのでまたやってみたいが、ギター弾き、小説書き、どれも本職ではなく趣味である。この中でギターがいちばん好きなのは「スズメ百まで」ということだろうか。職業ではないが手の癖みたいでギターは離れられない。小説を書くことも好きだが随筆を書くほうが好きである。

つまりボクは住所も職業もさすらいなのである。これこそ、私は風流な奴《やつ》だと思う。風流ということは、

「折口信夫によれば、風流とは、もと祭礼のときなどに仮装して行列したり踊ったりするひとをさすことばであり、さらにそれは仮装や行列そのものを意味するようになったという」（村松剛「東京新聞」）

だそうである。中国では風流ということは遊廓などで遊女とすっぽり濡れるようなムードのことを指すらしい。この場合はエロチックというより贅沢という意味だそうである。私は風流というのは「シャれた」という意味のような「なんとなく垢ぬけした、やぼったくない」という意味に考えていた。その風流がとんでもない殺人事件などに発展してしまったのである。厳格ではないシャれた小説を書いたつもりだった。これは、あの小説の持っている運命だろう。どんな小説にも運命があるもので、ミカ

ンやリンゴにもそれぞれ運命があるし、蟬やサカナにも運命があるのと同じように。

深沢七郎

「文士劇」ありのままの記

文士劇を一度も見たことがない私が出演することになったのだから、まったく思いがけない舞台だし、思いがけないことばかりだった。文芸春秋新社から「出演するか、どうか?」と問い合せの往復ハガキを下さった時、どっちにしたらよいのか判らなかったので(誰かに相談しよう)と思った。いつも私は迷うときには誰かに相談する習慣だからである。それで、(これは、どこかの雑誌社の人に相談すればいい)と思ったので電話をかけた。中央公論社の竹森編集長である。

「モシモシ、あの、文士劇に出させて下さるそうですが、ボクは、あの、出た方がいいでしょうか、どうかしら?」

ときくと、

「そりゃオモシロイじゃないですか、なるべく出た方がいいですよ」

と判決を下さった。で、出演させてもらうように返事を出したのだが、希望として お婆さんに扮装するような役があったらなどと、書いてみたり、消してみたりして返信ハガキをよごしてしまったりした。それ程、私は迷ってしまったというより思いがけない舞台だった。先輩諸先生が綺羅星の如く並んでいる舞台だと思えばすっかり臆してしまったのだった。だが、これを機会に諸先生の実物に接することが出来るという楽しみもあるので「出た方がいい」と言われれば、出演させてもらいたいなあと勇んでもしまった。

役がきまったら〝助六〟の「通人」の役だった。丁度、今、歌舞伎座で〝助六〟を上演しているので出演者が揃って見に行くことになった。

「適役ですよ、配役の妙ですよ」

と石原慎太郎さんが逢うと云って下さったので嬉しくなった。文芸春秋新社の方々もみんな「いい役ですよ」と云って下さったし、家の者もみんな「ウッテツケの役だわよ」と云うし、僕自身も申し分のない役で〝地でいける〟と、ラクな役だと喜んだ。

だが、第一日目の稽古に出て行って驚いた。歌舞伎とそっくり同じように演るらしいので意外だった。私のカンでは、諸先生が工夫を凝らしてアイデアたっぷりに演ると思っていたからだった。だから、私は自分のセリフは四回ばかりあるけど、初めのところだけ暗記して、あとは口から出まかせのことを云うつもりだった。これは、勝手に思い込んで一人合点してしまう妙な私の癖である。よく考えれば、知らないというのではなく軽ハズミというのか？　早合点というのか、私自身を説明すれば、私はロマンチックな、一人だけの陶酔に生きる男じゃないかと思う。その癖、対蹠的なことも好きでガヤガヤした所に出かけたりもする。そんないろんな矛盾で、僕はトボケじゃないか？　とも云われるのかも知れない。このことで、この頃私はクサッていた。『言わなければよかったのに日記』がトボケだと云われたからだった。ふざけん坊だと子供の時から言われた私はトボケと勘違いされてしまったらしい。トボケなどと言われるのはイヤなものである。（誰だって、自分のイヤなことをするわけがないのに）と思う。

さて、文士劇の一日目の稽古で演出が歌舞伎と同じ声色でやるのだと目的がはっきり判ったのだが、ここで私はがっかりした。自分と同じ性質の人物になるなら現代劇ではいいけど歌舞伎調にやることは難しいことだと思ったからだった。地ではいけないのだと気がついたからだった。

二日目の稽古に出て行った。私は諸先生がセリフがうまいのでびっくりした。これは一日目もそうだったが、二日目になって（何故うまいのか？）判ったのである。諸先生は家で暗記して来ていたのである。ボクは稽古場に来て覚えるのだと思っていた。舞台稽古までには四回もあるので、第一日目は台本を見ながらやって、二日目から少しずつ覚えて、三日目と四日目の稽古をしているうちには自然に覚えてしまうだろうと思っていたからだった。諸先生方は熱心で私は怠け者だったのである。（これでは申しわけない）と、あわてて家で暗記しだした。ところが、私は変なことに気がついた。記憶力がすっかり減退していたのである。以前は、ソロの暗譜など外の人が驚く程、速かったのに、こんな筈ではなかったと、一寸さみしくもなったりした。私は老衰期に入ったのじゃないかと思う。

さて、稽古から本番まで、私はがっかりしたり、よかったなあと思ったりしたのだが、まず、よかったことは、ふだん怖いと思っていた三島由紀夫先生とラクなお話が出来たことだった。同じ芝居に出て、同じ稽古をするというので第一日目から平気でお話しさせてもらえたのだった。芝居とは別な話しでもそうだった。

「あの、ボクの、『言わなければよかったのに日記』はトボケてるなんて言われちゃったけど、トボケという言葉と、ふざけたという言葉の使い方を、勘違いされてしまったんじゃないでしょうか、こんど、そんなことを言う人があったら、せんせい、そう言って下さい」

などと、スラスラ言うことが出来た。

「僕はトボけたと思っていますよ」

と三島先生はおっしゃった。だが、これはもう三島先生がふざけて答えているらしかった。（そんな心配は、しなくてもいいよ）と云ってるような口ぶりらしかった。

——これは実録で、私のカンだけれど。こんな風な話しぶりが出来たことは私には初めての楽しいことだった。

がっかりしたことは二ツしかなかった。第一日目の稽古が終って帰ろうとすると文芸春秋新社の方が厚い、重みのある封筒をみんなに一ッずつくれたのである。（凄いなあ！）と思った。稽古に手間賃をくれるとは夢にも思っていなかったからだった。どこの舞台でも舞台稽古まで芸人は無料である。（さては、ゼイタクな人達だから、稽古にもギャラを）と、はっとした。申しわけないような気にもなった。思わぬゼニが転がり込んだので（誰か、知ってるヒトと一緒になったらオゴってもいいぞ）と思いながら出て行くと、松竹の宣伝部の太田哲夫さんに出逢った。コノヒトは『楢山節考』の映画化の折に骨折ってくれた人である。（丁度、お世話になったお礼に）と思ったので、

「お茶でものみましょうよ」

と誘うと、

「OK」

と云って下さった。出口で有吉佐和子さんに逢ったので誘うと、

「二、三十分位ならいいわ」

と云って下さった。お茶をと云って誘ったが夕食でもと思ったので、

「オゴらせて下さいよ」

と支那料理屋に入った。支度ができるまで三人で話しているうちに気がついたので、

「やっぱりチガウねえ、文士劇は……」

と云ってポケットの封筒のことを話して、

「いくらぐらい？　くれたでしょう、アテてみましょうよ」

と云うと、有吉さんが、

「あら、あれは当日の招待券だわよ、お稽古にギャラをくれるなんてことはないわよ」

と云うのでアレアレとがっかりした。黙っていると、

「本番だってくれやしないわよ」

と有吉さんが平気で云うのでとび上る程びっくりした。

「えーッ！　本番でもくれないですか、無料出演ですか！」

と云ったがもうおそいのである。お助け興行でもないらしいので、それでは、きっと、年の瀬も近づいたので、正月のお餅も買えない貧困者達に歳晩サービスの興行かも知れないと思ったが、黙っていると有吉さんが、

「お客は、みんな招待なのよ」

と云うので呆れ返ってしまった。ここで私はハッと胸に浮んだのは、あの不吉な私の見た夢のことだった。誠に変なことで、都会の方々には信じてもらえそうもないことだが、私の家には先祖から妙な云い伝えがあった。それは、屋敷神様だと言われているお稲荷様の両側にいるセトモノの白狐が、夜、現れて来て胸元《むなもと》を締めつけるのである。勿論夢だが、この夢を見るのはその時の当主だけに限られていた。その夢を見

ると苦しんで、歯ぎしりをして、うなされるというのである。私の父がこの夢の話をしたのを覚えているが、父は見たことは一度だけらしく、大部分は先祖の見た夢の話ばかりだった。そしてこの夢を見ると、不吉なことがあると云っていた。

「お稲荷さんが知らせてくれた」

と云って、何かいけないことが起る前兆だそうである。縁談、事業、金貸等、みんな止めてしまったし、「身内の者が、誰か、亡くなる」とまで気をつけるのだった。私の家では父の亡き後、誰もこの夢を見たことがなかった。だから、みんな白狐の夢のことなど忘れていた頃だった。あまり信じられないような伝承だが、ついでだからもう一つ私の家では「富士山に登るな」と云われていて、「うちの血筋の者は富士に登れば死ぬ」と教えられていた。だから、毎日毎日富士山の頂を見て育ったくせに登った人はないのである。私の父はその禁を犯して富士に登って、八合目で引き返したがその年の暮発病して一旦恢復したが、病床から立つまもなく他の病が出て翌年八月死んだ。偶然だが、そうした思い当ることが近親者にもう一人あった。「富士登山」の方は私達も心得ていて守っていたが、白狐の夢の方はもう忘れていたのだった。その忘れていた夢を今年の夏、私が見たのである。(何か悪いことが身のまわりに起る筈だ）と私は思ったり、（ボクは当主ではないから）などと思っていたが、少しぐらい悪いことがあるらしいと予感がしていた。

この夢が当ったのは文士劇の無料出演などではなく、ただ二日間の出演に一日しか出られないで、あとの一日は休演してしまったことだと、これはあとで思い当ったことだった。

さて、文士劇の本番は土、日の二日で、土曜には舞台稽古と夜は本番だが、土曜の朝、まず、イヤなことにぶッつかったのである。これも、都会の方々には信じてもらえそうもないことだが〝ありのままの記〟だから正直に云うと、当日、出て行って楽屋の部屋割りを見てクサってしまった。楽屋の番号が「四の四」――「死の死」である。それでなくても白狐の夢でおびえている時である。（嫌な番号だな、誰かギセイ者が出るぞ）と思いながら（誰だろう？）と思った。まさか僕が舞台をおりるとは気がつかなかったので見廻わすと、同じ部屋の方々は三島由紀夫、石原慎太郎、加藤芳郎、塩田英二郎、富田英三の諸先生である。こんな馬鹿なことを気にするのはソロソロ白狐の夢で私の神経はイカレて来たのではないだろうか。みんな楽しい遊びの呑気な芝居らしい。マンガ〝おんぼろ人生〟の加藤芳郎扮する花魁。〝夢見るユメ子さん〟

の塩田英二郎扮する花魁である。

「今は売春がないけど、もし、値段にふんだら、七百円と千五百円位ですね」

と、私は冗談が云える程、親しくなった。

「どうして？　ボクは七百円だい」

と加藤先生に抗議を申し込まれた。

「当り前じゃないでしょうか、ヒゲのある花魁なんて、百五十円だって」

と云うと、

「このヒゲはおとせないよ、のびるまでには半年かかるから」

と云うのである。（判った判った、文士劇というものは見世物らしい）と思った。

夕方、楽屋へ竹森編集長が来られたので嬉しくなった。だが、三島先生に用があって、ちょいと話しただけですぐ帰ってしまうのである。

「もう帰ってしまうの？」

ボクは〝先代萩〟の亀千代君か、佐倉宗五郎の子別れのような声をだした。二、三日前、中央公論社で遊んでいると、私を前にして、

「正宗先生、深沢さんを怒って下さいよ、遊んでばかりいるから」

と、竹森編集長が云ったのである。これは実録で、正直に書くと、私はこの言葉を聞いた時、背中がゾクゾクするように嬉しかった。遠い日に、私が父母の前で、私が迷惑をかけた人達に、私の不行跡を云われる声と同じだったのである。ふっと、私は、なつかしい言葉と、今は世にない人達の面影が浮んだ。（何十年も前の、なつかしい言葉を、こんなことを云ってくれる人があったのだ）と、はっとした時、竹森編集長が肉親のように思えて瞼がにじんできたのだった。そればかりじゃなかった。その時、正宗先生は黙っていたが、そのあと、随分時間がたってから〝小満津〟という鰻屋で、二人きりになった時、正宗先生が私に云ったお言葉は、それこそ母が私に云う言いかたと、そっくりそのままだったのである。正宗先生は、ボツボツと先生自身の身の上話をされたのである。随分時間がたってから身の上話をするのが母が私に教える世の中の道で、正宗先生はそれと同じである。私のことになど全然触れないで人生の道を語るのだった。自身のことばかりを語るのである。随分時間がたってから。

そんなことがあってから竹森編集長は肉親の人のように思っていたのに、ちょいと楽屋に来て、もうすぐ帰ってしまうのでがっかりしてしまった。

さて、文士劇は私の楽しみだった諸先生の実物を拝顔することもあてが外れてしまったのだった。厚化粧と扮装してしまえば、ふだん知ってる人でも判らなくなってしまう程変っているのだから、アキラメルより外に仕方がなかった。

本番の二日目の朝、私は目がさめて、

「おいおい、背中がまるくなっちゃったぞ、熱が出た出た」

と大声をたてた。私は熱が出ると背中が丸くなるのである。

「そいつは大変だ！」

と弟が騒ぎだした。日曜なので弟はまだ眠っていたが、ふとんからハネ起きて家中がワイワイ言いだした。それから私はアタマのまわりで、「風邪か？　疲れか？」「疲れか？　風邪か？」と、何回きかれたり、騒がれたことだろう。

「どうも、こうなるんじゃないかと思っていたよ、あの白狐の夢は、今年中に、なにかあると思っていた」

と私はふとんをひっかぶってそう云った。

「まさか、顔師と、突ッ掛かったから熱が出たんじゃないだろうなあ」

ときかれたので、

「そんなこたァ、二回目の顔を作ってもらうときにゃ、むこうの言いなり放題に作らせたんだから、そんなこたァねえだろう」

と私は云った。

「オカシナ病気だなあ、赤ん坊のチエ熱みたいだなあ」

などと云われたり、

「芸人は、もう、止めてしまえ」

と弟に怒られたり、ボクはまるで、仮病扱いのような言い方もされたりしたのである。

弟が電話で連絡すると、三十分もたたないうちに文芸春秋新社の人が来て下さった。家の者が、そこの手伝のおばさんを頼みに行って、まだ帰って来ないうちに、もうすぐ来て下さったのである。

「困ったことになりましたね、ビタミン注射でも、カンフルでも打って、その時間だけでも出られないでしょうか？」

と云われて、（私は注射は大嫌いで、死んだおふくろも）と思った。ここで、これは、みんな実録だから細かく記すと、この時、文芸春秋新社の人が右手を挙げて私の方へ手をのばしたのである。そーっと、松の木に止っている蟬をつかまえるように少しずつ私のヒタイに向って手をのばしたのである。(仮病じゃないかしらん?)と思って(熱を計ろうとするんじゃないかしらん?)と思っていると、ピタリとボクのヒタイに手をあてた。この時、もし仮病だったら(これは〝勧進帳〟の安宅関だな)と思った。ボクが義経でむこうが富樫である。この時ボクは(弁慶のいない勧進帳なんてあるかしらん?)と思った。それとも、歌舞伎調なら、こんな時は、

〽熱という字は一つでも、色々《いろいろあれど》、タドンのおこった熱も、禿頭《ハゲチャビン》が子守女にのぼせた熱も、アツいと高いは、くらがりでみても、取り違えて、マ、よいものかいなあ

という場面だなとも思ったりした。

「あの、熱はありますか?」

と私はきいた。丁度、今、体温計で計ろうとしたところだったからである。

「あッ!」

と文芸春秋新社の人は自分のヒタイに手を当てて云った。それから、

「代役を、急いで代役を探さなければ」

と云いながらバタバタバタバタと階段を馳け下りて行った。白狐の夢の先ぶれは当って、これで、私は休演にきまったのである。私は文士劇の舞台面をぼーっと思い浮べた。

文士劇という芝居は不思議な芝居だと思う。客は舞台を見ているけど芝居などはどうでもいいのである。客は役者を見に来たのだが役者ぶりをカラカイに来ているらしいのである。このカラカイが、なんとも言えない親しみと善意に満ちたカケ声である。流行歌手がステージで受ける熱狂とも土俵の力士にかける勝負の声援ともちがうのだ。親愛の情に満ちみちた不思議な味を持っているステキなステージだと思う。

首をやる〳〵日記

私は若い頃は映画が好きだった。が、今は好きな方ではない。友人に誘われて見てしまう程度である。それから、外へ出たついでに、ちょっと覗いてみようとヒヤカシみたいに見るだけだ。映画館に入っても、ちょっと見て、すぐに（出てしまおう）と思うことが多い。出ても、なんとなく物足りないのですぐまた隣りの映画館などへ入ってしまうのだ。そうしてすぐまた出たりしてしまうのだ。おとなしく、しまいまで見ている時はよくよく偉い人と一緒に見ている時だけである。ボクは思うんだけど映画にはテンポがないから退屈してしまうのだ。邦画はチャンバラなら見ていられるけど、それは、チャンバラはショウに似ているからだ。だいたい、邦画は外国人が見るもので邦人は洋画を見るものだというような気がする。外国の風景や生活状態は興味があるし物語の中で外国人と考えが一致するところなどは好きである。さて、僕は思うんだけど小説を脚本にして映画にすることなどはとんでもないことの様な気がする。映画の原作を書く人はそれ専門の人が創作でやる以外にはないと思う。私はデヴュー作「楢山節考」が映画化されるときまった時はとても嬉しかった。初めてなのでなんとなく嬉しかったのだ。そうしてあの作品は木下恵介先生が熱を入れていろいろな方面にも好成績だった。それで、私自身は映画化に対しては充分なのである。だから、もうボクの他の小説は映画にならなくてもいいと思う。それだけ私は満足感に浸ることが出来たのだった。さて、僕ばかりではなく他の作家の先生方も私と同じことを考えていられると思うけど小説が映画化されることは決して原作料が欲しいという商品的な考えではないと思う。小説が映画化された方がいいと思っているのは出版社だと思う。それは小説の宣伝になるからだ。実際、映画化されればその小説は確かに売れ行きがいいのである。それで、著者と出版社は協同組合の様なものだと言われているので著者は自分の小説が映画化されるときは努力しなければ申しわけがないことになってしまうのである。もともと文章の味で書いたものを他の味で出すことは邪道だと思うのだから、

「そ、そんな、売春みたいなことはよせばいいのに」

と作家はみんな腹の中では思っていながらやっぱり出版社に同調してしまうハメに落ちてしまうのである。そうして、(なんて、ツマラナイことだろう)と思いながら撮影のセットやロケーションに出かけて行って、

「いい映画が出来るらしいですね」

と演芸欄の新聞社の人に口から出まかせの吹聴をしてしまうハメにおちいってしまうのである。映画会社の人達は儲かるように儲かるようにと努力するのだ。が、ホントは映画会社などツブれてしまえばいいのだとボクは思っている。そんなことは失礼だから言わないけどなぜツブれればいいと思うかと言うと映画は作家のカタキだと僕は思うのである。なぜカタキかと言うと、だいたい小説を書く時には映画にならない様にならない様にと思いながら小説を書くのである。書いているうちに映画の場面みたいになりそうになると(避けよう〳〵)と努力するのである。なぜそうしなければならないのかと言うと小説の味というものはそういうものだから仕方がないのである。そして、小説と映画では全然違う道だのに描写という同じ様な方法を考えるのだからカタキだと僕は思うのだ。僕は映画館の前へ行って切符を買うね、切符を売ってくれる女のヒトの顔を見て(このヒト売り上げ金などゴマかしてしまえばいいナ)と思う

ナ、それから切符を貰って改札されるとき（このヒト、はたして切符を切るかな、それとも切らないでとり上げてしまって税金をゴマかしてしまうかな）と思うナ、中へ入るナ、スクリーンに映っている女優を見ると（このオンナ、誰と性交をやっているのかな）と気になるナ、ハリウッドでは映画女優と書いて共同便所と仮名をふるそうだがボクはそうは思わないナ、化物だと思うナ、男優の顔がうつると（このオトコ、どういう手ヅルでこんなラクなことをしながら大金が稼げる商売に入れたのかな）と気になるナ、セットやトリックや筋書までバケモノがゴマカシているように思えるナ、だからすぐ出てしまうナ、出るとなんとなく物足りないからまた隣りの映画館へ入ってしまう。中ではチャンバラをやっているナ、チャンバラを見ると歌舞伎座で八十歳になる坂東三津五郎丈が袖をひっくり返して踊っているところを思いだすナ、チャンバラと三津五郎丈の踊りでは（どっちがエネルギーがいるのかな）とツマラナイことを考えてしまうナ、それから三津五郎丈と天皇御一家の演技性などという余計なことなんかもツイデに考えてしまうナ、そうしてそのほかにも余計なことばかりクチャクチャ。

こないだ書いたボクの「東京のプリンスたち」は某社から映画化の相談をうけた。

電話で受けて、その場で辞退した。そのすぐあと日刊スポーツ新聞社の堀井記者が別の用事で来て、

「あの、東京のプリンスたち、映画にしたらオモシロイでしょうね——」

と言うのでボクは眼の玉がクルクルと廻った。なんだか知らないけどボクは、

「あれが映画になったら首をやるよ」

と言った。言ってしまってホッと胸をなでたが二、三日たって教育テレビの第二制作の田中亮吉さんから電話がきた。

「あの、東京のプリンスたちを、一時間ぐらいのテレビドラマにしたいのだが」

と言われたのでドキッとした。テレビもラジオも映画と同じ様に小説のカタキなのである。田中亮吉さんとは親交があるのでまごついてしまった。（まずいナ）と思うと頭の中がクシャ〳〵して、

「出版社の、竹森編集長さんが、よせ〳〵と言ったから」

とロから出まかせのことを言ってしまった。（まずいこと言っちゃったナ）と思ったので「竹森編集長さんに相談して下さいよ」

と言い直した。電話はそれで終って、結局、竹森編集長さんは「脚本を見てからき

めましょう」ということになった。脚本は出来たが竹森編集長さんの所へは届けられずにお稽古の通知を知らされてその時原作の契約書に判を押してくれと言われてボクは判を押してそのあとで竹森編集長さんにそのことを話すと竹森編集長さんも呆れ返ってしまった。（この世の中はどういうことになるのかな、自分の思うこととは反対に、反対になってしまう）とボクも舌を巻いてしまった。

さて、カタキと闘うには相手が多すぎるので労働組合がストライキをやるように団体でやらなければダメなのである。誰か先だちになって映画、演劇、テレビ、ラジオに小説を使わないというストライキみたいなことをしないものかと僕はツクヅク思った。某月某日、正宗先生、谷崎先生、小説ストをやって下さいと日記に書く。

千曲川

初夏の千曲《ちくま》川はハヤのフェスティバルである。上田あたりから篠《しの》ノ井《い》あたりまで川辺の河原のところどころに建っている小屋が目につくのはハヤの料理場である。とったハヤを塩焼や甘露煮にして客を待っているのだが、即席料理だからこの粗末な河原小屋が川魚料理にぴったりあって喉を鳴らせるように食欲をそそらせる。ハヤはアユに似た魚だが白い腹に深紅の筋が美しい。アユより肉がたっぷりあるし、産卵期だから卵がごっそり入っていて、これもうまい。産卵期でハヤは浅瀬によってくるので、そこを網でとるのである。また、川幅のせまい所には川全体にスノコをはって、流れに泳いで来るハヤ、フナ、イワナ、なんでもスノコから逃げられないようにしてとる獲りかたである。投網でもとったりしている。

いつごろから千曲川は流れているのだろう。川辺の人達は、ずーっと昔から、この古代の法則のような漁獲方法でとったり食べたりしてきたことだろう。

のどかな千曲川の流れのすぐ横では、砂利採取の掘削機が爆音のようなエンジンの響きを立てていて、これも、いつのまにか、古代から続いているようにのどかな風景に見えるのは、川の流れは、なんでも同化してしまうからかもしれない。それとも、人間たちは文明を吸いとってしまうのかもしれない。

千曲川は天竜川のように舟下りも出来るが、流れがゆるいのでしずかな舟下りである。川にそって戸倉温泉、上山田温泉があるが、これも千曲川の清流のように針が落ちるのもわかるほど綺麗な湯である。


甲武信《こぶし》岳の清流から信濃川になるまで、曲っては曲って流れる千曲川のうちで、絶景は姨捨《おばすて》山からの遠景である。伝説では、姨捨は、いまの姨捨山放光院長楽寺の姨岩の上へ老人を置いてきたのである。または、姨岩から突落して捨てたともいうそうである。が、それは事実ではなく、姨捨の伝説は中国から伝えられたものだし、原話は印度《インド》の伝説で、この信濃の姨捨山は地名だけだそうである。

親を捨てるなんて、とんでもないことである。中国や印度の輸入伝説なら舶来のお話で、日本人はそんな残酷な歴史は持っていないことに誇りを持ってもいいのである。また、そんなのは名所だなどと言うわけはないはずである。日本の伝説や物語はたいがい中国からの輸入品で、安珍、清姫の「娘道成寺」なども中国の「白蛇伝」の作り変えだそうである。だが、姨捨の伝説が輸入品だからと自慢出来るというのも変である。年をとった親を粗末にするようなことがあったら、これは、生きながら捨てたようなことである。そんな例は現在でも、どこでも耳にする事実である。

私の知っている例で、鶏小屋を改造して一室を作って、そこを年をとった母親の住居にしているそうである。食事は運んでやるが茶碗に一杯だけで、おかずも飯の上へ形ばかりのせてやるのだが、これも、余りものだから腐敗してスえているときなどもあるが、そんなことはかまわないそうである。

母親がその一室から、倅《せがれ》夫婦のほうへ顔でも出すと、「シーッシーッ」と犬でも追うように追払うのだそうである。これほどヒドイ例でなくとも、親を隠居させて仕送りも満足にしないなどという例は数かぎりないほどである。また、それほどでなくとも精神的に捨てたような例はどこにでも耳にするはずである。

この信濃の姨捨も地名になったのは、ひょっとしたら、長く病んでいる老婆を、始末するような形で、そんな不心得者もあったかもしれない。そんな想像も私には出来るのである。そんなことは、この山にいちどぐらいはあったかもしれない。だからこんな地名が残っているのかもしれない。この残酷な伝説の姨岩のすぐそばに、いまはセドリックの新車がのりつけてあって、姨岩とデラックスな自動車が並んでいるのは無気味である。伝説と文化の対照があまりにも鮮かなのが残酷に思えるのは私だけでもないだろう。

親を捨てる説話は教訓なのである。それを打消してしまうような文化の姿に私は目を覆いたい。長楽寺は明治時代前後、無住のときがあったそうである。だから、その間に寺の開基建立などの書類はなくなってしまい不明だそうである。残念なようにも思えるが、不明だというところに、なんとなくこの寺はなぞのような発生で、また伝説らしい匂いがするのである。史実に現れる和歌、俳句の中には、姨捨山は月の名所として伝えられている。長楽寺にある句碑には月見の歌が多く、棄老《きろう》についてはコジつけのような句があるだけである。

この長楽寺のすぐ下には「田毎《たごと》の月」と言われる段々畑があって、田の数は四十八枚である。田に水があるときは月の光がどの田にも写って、田毎に月があるように見えるのである。このへん一帯はほとんど段々畑である。昔、この田の持主が月夜の晩、月を眺めながら田の数を勘定すると四十八枚しかない。実際には四十九枚あるはずだそうである。不審に思って何回も数えたがやはり四十八枚だそうである。そうして、よく見れば、一枚は自分の笠——ミノとも言う——を置いてあって、その笠で田がかくれていたのだそうである。

一枚の田がどんなにせまい、小さいものだか、それを説明しているような話である。長楽寺の住職さんの説明だと四十八枚の田の数字というものは仏教的な数で意味の深いものだそうである。四十九でも、この数は印度の祇園精舎の四十九棟で、これもやはり仏教的な数字である。なんとなく、神秘な田毎の月の光らしい。

　　隈《くま》もなき月の光をながむれば
　　　まづ姨捨の山ぞ恋しき　西行法師

　君が行くところと聞けば月見つつ
　　姨捨山ぞ恋しかるべき　紀　貫之

のように月の賛歌が多いのは、古人は月の名所を目ざして、はるばるここへ来たかららしい。

現在でも、この姨捨の付近の人達は中秋の名月にはこの山へ集って観月の会をするそうである。月が山の端にのぼったとき、〝バンザイ、バンザイ〟と声を揃えて叫んで、それで、すぐ四散してしまうそうである。空の月を眺めるのではなく、日の出を拝むのと同じだそうである。月も太陽も同じように拝んで歓呼の声を上げる、素朴な人達の月に対する感じらしい。西行法師や芭蕉とはちがう観光である。

旅行は今も流行しているのである。ワラジで、とぼとぼ旅をした昔とちがって今は観光バスか自家用車のドライブである。走っている自動車の窓から景色を眺めて「いい景色だなア」と言って、それでいいのである。景色は「見て来た」と言って、ちょっと、眺めればそれで「よかった」ということになるのである。

おもかげや姨ひとりなく月の友　　芭蕉

信濃では月と仏とおらがそば　　一茶

観光バスで旅行すれば人間は観光客という種類で処理される。自動車だから、速いので、とぼとぼ歩いた旅とはちがって大ざっぱである。それに、見物する場所もスピーディーに沢山まわってしまう。そうして宿屋に泊るのだが、この「観光客」というのは泊るほうでも泊めるほうでも一定の法則で処理されるのである。宿泊料と税金とサービス科。温泉地では入浴料までとられるのである。温泉地でない旅館では、金もとらないで入浴させることになっているが、温泉地では客を泊めるには入浴料なしでは風呂に入れないということになっている、という理屈もなりたちそうである。そんな妙なことにも無抵抗な観光客という不思議な人間になって旅行するのである。

千曲川の河原小屋でハヤを食べて、客は宿屋に泊ってこんどは自分が宿の獲物になるのである。旅行がなんとなくのどかなのは、そんなことを考えないからかもしれない。一時は旅行が流行して、こないだまではどこの温泉地も満員だったが、この頃は下火になったそうである。観光客はのどかになれなくなったのかもしれない。昔は、「可愛い子には旅をさせろ」と言って、旅はつらいこともあって修行でもあったようである。今は、旅行はムダ銭を使うこと、金をまきあるくことが観光だと勘ちがいしそうである。旅行しても教訓などは少しも感じない。たのしむために旅行するのだから、長い行列を作って列車などを待っている苦労などは、すぐに忘れてしまう。

せっかちな観光客も千曲川の上流――小海線の信濃川上駅あたりから梓山《あずさやま》方面に行けば、のどかな人間になってしまうだろう。信濃はまた野鳥の楽園でもある。小海線の松原湖から梓山一帯はカッコウどりの啼き声ものどかな川の流れに和して聞くことが出来るし、ひばり、こまどり、もず、四十雀《しじゅうから》の交響楽で、うぐいすの声などは、やかましいほど聞くことが出来るのである。野鳥の啼く声が聞えると、どんなせっかちな人間ものどかになってしまうのは、人間もカメレオンのように、周囲の環境ですぐに変ってしまうものだと私は思っている。信州の人は、東北の人は、関西の人はなどとその土地の人の性格があって、私なども信濃に住めば信州の人と同じ性格になってしまうだろう。

ついこのあいだ、私は知人から変なことを聞かされた。その知人は自分の自動車の車庫を間違えて隣家の車庫に入れてしまったそうである。隣の家では自動車で帰って来ると自分の車庫に隣の自動車が入っているのでツムジをまげてしまった。それで、自分の自動車を車庫の入口へ横づけにしてふさぐように置いてしまったのである。

車庫を間違えた隣家では夜おそくなってから気がついた。あわてて隣家の車庫から自分の車庫へ入れかえそうとしたが、くるまが横づけになっているので出られない。「くるまを出させて下さい」と詫びに行ったが、隣家ではツムジをまげているので「あとで、くるまをうごかすから」と言っているが、いつになっても横づけの自動車をうごかしてはくれない。そこで車庫を間違えたほうでもツムジをまげてしまった。四、五人あつめてきて横づけのくるまを「ワッショイ、ワッショイ」と持ちあげて除《よ》けて自分のくるまを出したそうである。

さあ、そのあとが大変である。「俺の車庫の前にあるくるまを勝手にうごかした」と怒りだした。「それなら、もとのようにしましょう」と、また四、五人で「ワッショイ、ワッショイ」と持ちあげて横づけになおしたそうである。もとのとおりに横づけにしたが、くるまをうごかしたことは、とりかえしがつかないことなのである。

くるまを間違えたほうでは「こんな意地の悪いことは」と私に話したが、私は、そうとも思わない。当り前のことのように思えるのである。意地悪のようだが、それは、その人の考えかたではなく、その土地に住んでいる人の感覚なのである。その土地は東京ではなく、ある田舎の町の出来ごとで、私はその土地をよく知っていた。「意地悪でもないよ、当り前のことだよ。俺だって、そこに住んでいれば、それと同じことをするよ」と私は言った。「へえ、あなたも」と、車庫を間違えたほうでは驚いたらしいが、人は誰でもカメレオンのように、その土地の色に染まってしまうのである。

旅で、そんな人情——現在では感覚ということに変りそうである——にふれるのも観光のうちではないだろうか。旅から旅行に、人情から感覚に人間たちは変るが、そんなことには関係なく千曲川は流れている。

千曲川と犀《さい》川の合流する三角地が川中島で、戦国時代のスター、上杉謙信と武田信玄の古戦場である。川中島の合戦は十五年間もつづいて毎年のようにあったとも言われる。が、実際には三回ぐらいしかなかったようである。有名な鞭声《べんせい》粛々《しゅくしゅく》夜河を渡る合戦は信玄の年齢四十一歳、謙信の年齢三十五歳だから、現代の人物なら歌手の三波春夫と三橋美智也の年ごろである。三十五歳の謙信がこっそり川を渡って信玄の本陣に斬り込んだ。

軍配団扇《うちわ》で四十一歳の信玄は受け止めたが、かすり傷をうけてしまった。うまく追払うことは出来た。信玄が、「いま、斬り込んできたあの男が謙信であるぞ」と言ったそうである。このお話は少し変ではないかと私は思っている。私の小説「笛吹川」を書く当時、調べた範囲では、武田信玄と上杉謙信は、この合戦以前に顔を合わせたことはないのである。お互いに使者をとり交わして文書では何回も交際したことはあっても、顔などは知らないはずである。

また、信玄の年齢三十五歳、謙信二十六歳ともいうし、信玄二十七歳、謙信十八歳とも言う。信玄の兵は一万二千、謙信の兵は七千という。また、信玄二万、謙信一万三千ともいう。川中島の合戦も信玄と謙信が川のまん中で軍扇と刀を合わせているような光景も一説にはあるほどである。この合戦も伝説めいたところがあるほうがいいのである。過去はおぼろで、あいまいなところが味わいもあるようである。

初夏の信濃はつつじもおくれて咲いて、野鳥の声の伴奏に、藤の花もあざやかである。山の梨の花は目を奪うばかりに絢爛《けんらん》である。山の梨は食用にはならないほど小粒で堅い。花は形も色も梅の花に似て清楚だが無数に咲くので豪華である。山には茸《きのこ》が出て、これも山の味が深い。イワ茸《たけ》、エノキ茸の味はその道の通の人なら珍品扱いになりそうである。「信州信濃の新ソバ」と言われる名物のソバも、「ソバのよく出来る土地はヤセ地である」といわれるように、とぼしい山地のとぼしい名物である。

東京の「きそば」屋でモリソバ、カケソバを食べることは出来るが、本物のソバ粉ではなくうどん粉に着色したものである。本物のソバはソバ粉一升にうどん粉は茶碗に一杯ぐらいだそうである。そんな純粋なソバを信濃では食べることも出来るのである。が、ここでもラーメンのほうがご馳走だそうである。道でソバよりラーメンのほうが目につくのは、ソバよりラーメンのほうが売れるからである。本物のソバ屋が少ないということも、東京とは意味がちがうのである。

千曲川は遠くから眺めれば眠っているようにのどかに流れている。だが、その川上は岩ばかりの間をぬって流れる小川なのである。信濃川上駅は千曲川の川上という意味だそうである。この部落一帯では川上犬という犬を飼っている家が多い。純日本犬だそうである。狐と犬の混血のような顔つきや毛なみである。このへんは標高千三百メートル、山あいの部落だから犬もそんな味を持っているのかもしれない。

山梨県との境の金峰山から、女山、男山、天狗山、コブシは甲武信で甲斐、武蔵、信濃の三国が合する山で、秩父多摩国立公園入口の立札もある山々。信濃は雲が美しいと言われるが、これらの山々の上に白い雲が現れる。そうして雲は山々に降りる。木の葉の雫となったり、わき水となって、千曲川となって流れるのである。

解説

戌井昭人

深沢七郎の書いたものには、読むたびに驚かされてきたけれど、読めば読むほど、この人の実体もわからなくなってくる。特に本書に収録されている「流浪の手記」は、これまで何度も読んできたが、毎回、度肝を抜かれ、やはり、この人はいったい何者なのか？　と思えてくるのだった。

「流浪の手記」は、風流夢譚事件のあと、それまでの生活を捨て、自分のことを知っている人を避け、深沢が北海道をうろうろしていた頃のことが綴られている。「あの忌わしい事件——私の小説のために起こった殺人事件に私は自分の目を疑った。何もかも私の書いた小説の被害ばかりなのである。諧謔小説を書いたつもりなのだが殺人まで起こったのである。そうして私は隠れて暮すようになった」とあるように、ものすごくシビアな状況だ。また小説「風流夢譚」の発表後、多数の脅迫状が送られてきて、その中に北海道からのものが一通あったらしく、深沢は、もしかしたらその差出人に会うかもしれない、さらに出会ったならば、その男に殺されても構わないとも思っていて、「私は死場所を求めているのかも知れない」とまで書いている。

とにかく、ものすごく深刻で、精神的に追い詰められていたことも窺える。そのような状況の中、深沢が、ハマナスが咲き乱れている石狩の浜辺をうろうろしていると、チンピラと出会い、話しているうちに、少しずつ陽気になっていく。その後、彼と一緒に札幌へ向かうのだが、そこからの動きが、なんだかフザケているような、トボケた感じになる。金が無くなって知人に借りに行ったり、クラーク博士を崇拝している若者に向かって、クラーク博士について毒舌をかまし、ムッツリされたり、ぶどうを大量に買って食べてみたり、ふたたびチンピラと会い、一緒にアイビキ喫茶のようなところに行き、若い女とキスをして、舌を入れたとかどうだとかチンピラと話したり、最後は根室に行き、勝手口が開きっぱなしの家を見つけ、「水を、のませて下さい」と頼み、その水を「うまいですね」と言ってガブガブ飲むのだった。

こうしたエピソードを連ねていくと、深沢の、なんだかわけのわからない、トボケた行動が際立ってくるが、実は、追い詰められ、やけっぱちになっているのかもしれないと捉えることもできる。しかし、そのような理由があったとしても、やっぱりこの人はどうしちゃってんだ？　と思えてくることの方が大きい。そして「おっさん、何をやってんだ」、「おいおい」と読みながらツッコミを入れたくなるのが、深沢七郎のエッセイの面白いところだ。一方で、おっさんのこのような動向、実は無意識ではなく、意識的にトボケたことをやっているのでは？　と思うと、ちょっと怖くなる。虚無的で、真剣に生きることを拒否し、人間賛歌の真逆のことをやっている感じだ。もちろん事件によって、虚無的になっていたところもあったのだと思う。だからトボケたおっさんには、せつなさやセンチメンタルが漂っている。しかし深沢自身は、センチメンタルを強調するようなことを書いているつもりはないのだろう。また同情なんてしてくれるなといった感じだ。ここが深沢七郎のニヒルで格好良いところ、さらに痺れるポイントでもある。とにかく、それが意識的であるにせよ、そうでないにせよ、トボケてるところが深沢七郎の魅力だ。

しかし、「「文士劇」ありのままの記」を読むと、『言わなければよかったのに日記』を発表したときに方々でトボけてると言われ、「私自身を説明すれば、私はロマンチックな、一人だけの陶酔に生きる男じゃないかと思う。その癖、対蹠的なことも好きでガヤガヤした所に出かけたりもする。そんないろんな矛盾で、僕はトボケじゃないか？　とも云われるのかも知れない」と書いていて、自分のトボケを否定している。だが、この文章自体すでにトボケているような、人を喰った感じがするのだ。さらに、「ふざけん坊だと子供の時から言われた私はトボケと勘違いされてしまったらしい。トボケなどと言われるのはイヤなものである。（誰だって、自分のイヤなことをするわけがないのに）と思う」と書いていて、トボケとふざけを勘違いされたかもしれないということを三島由紀夫に話すエピソードも出てくる。深沢は三島に、「あの、ボクの、『言わなければよかったのに日記』はトボケてるなんて言われちゃったけど、トボケという言葉と、ふざけたという言葉の使い方を、勘違いされてしまったんじゃないでしょうか、こんど、そんなことを言う人があったら、せんせい、そう言って下さい」と話している。つまり誰かが、トボケていると言ったら、「深沢くんは、トボケではなくふざけているのだよ」と三島に正して欲しいと頼んでいるのだ。

この文章を読んでみると、三島にこのようなことを話してしまう深沢が自然体な人間だと捉えることもできるけれど、どうもおかしいぞ、とわたしは思った。深沢七郎は「ぶりっ子」なのではないかと思えてきたのだ。「あの、ボク」と言ってるところや、「せんせい」と平仮名を使っているところなど、相当なぶりっ子さが強調されているような気がする。つまり愛嬌をふりまいているような感じだ。そう考えると、他のエッセイにもこのようなぶりっ子ぶりが多々出てくるように思える。だが深沢が一筋縄でいかず、恐ろしいのは、実は、その愛嬌、ぶりっ子を武器にしているからだ。つまり、トボケているように見せ、相手の懐がひらき、隙ができた瞬間、一気に相手を洞察する。さらに譬えるなら、ドスを忍ばせておいて、相手の隙を見つけ、いつでも刺せるような状態に持ってきているところだ。勝手に名付けさせてもらうと、これは深沢の「庶民ぶりっ子」というところだ。

この庶民ぶりっ子は日記シリーズの題名にもあらわれていると思う。「言わなければよかったのに日記」、さらに「書かなければよかったのに日記」、そもそも「よかったのに」って何なんだ？　後悔していると見せかけ、結局はすべてを書いているわけで、「おいおい」とツッコミを入れたくなる題名だ。「よかった日記」ではなく、「よかったのに日記」、つまり「のに」が入ることによって、自分を俯瞰で捉えつつ、「まあ、そんなもんだよな」といった感じで、後悔をするつもりなんてまったくない様子だ。

「買わなければよかったのに日記」では、汽車の二等三等に乗るということについて語っていて、二等に乗る客のことを「得体が知れないからキモチが悪い」とまで言っている。現在だと、「グリーン車に乗っている奴は気持ちが悪い」といったところだ。でも、そんなことを書いたり発言しても、深沢七郎が許されるのは、庶民ぶりっ子が徹底されているからで、そこには隙がありそうだが、隙なんてまったくない。相手に隙を作らせるが、自分の隙は作らない。これも深沢の怖いところだ。

だが、いくら徹底していても、風流夢譚の事件はちょっと違った。その庶民ぶりっ子が、あらぬ方向に解釈されてしまったのだ。「流浪の手記」の話に戻すと、ここでは深沢の庶民ぶりが揺らいでいるようにも見える。だが、その揺らぎを、そのまま書けるのが、深沢の凄みでもある。庶民ぶりっ子をしているが、ものすごく頑固者で、根本は変えない。このような傾向は、年をとるごとに増していき、ぶりっ子などと呼べないくらいの偏屈なエピソードが多くあるのも事実だ。でも深沢の、そんなところが人間臭くて、わたしは大好きだ。周りにいた人はきっと大変だったと思うが。

わたしは以前、『深沢七郎コレクション』という本を編集したことがあって、これも何かの縁だと、ラブミー農場に行ったことがある。もちろん深沢は亡くなっていて、後継者の人も亡くなり、そこは空き家になっていて雑草が生い茂っていた。さらにぶどう棚や、錆びた農機具が置いてあり、深沢七郎がいたという痕跡が見られ、嬉しくなり、いろいろと見てまわっていると、玄関扉にあった郵便の受け口が、かまぼこ板のような木になっていて、そこにマジックで「深沢」と小さく書いてあった。字の大きさや素っ気ない木の板など、深沢っぽくて、いいぞいいぞと思いつつ、その板を開けてみると、裏に「夢屋」と彫ってあった。「夢屋」とは深沢七郎がやっていた今川焼屋の屋号だ。つまり板は店で使っていたものを再利用していたのだ。このような徹底した庶民ぶりに驚愕しつつ、さらに、いいぞいいぞと思った。

その後、『深沢七郎コレクション』が出ると、鎌倉に住んでいた友達から連絡がきた。昔、彼の家で飼っていた犬が深沢七郎と一緒に写っている写真がインターネット上にあり、それが載っていた雑誌は何なのか教えて欲しいということだった。わたしが深沢の本を編集したので、なにか情報があると思ったらしいのだが、調べてみたものの結局、なんの雑誌だったのかわからなかった。

その写真は深沢七郎がギターを抱えながら藁の上に座り、笑顔で犬を撫でているものだった。その犬が、友達の家で飼っていたアルボという名前のボクサー犬らしいのだ。そこで、わたしは、どうして深沢七郎のところに犬がいたのか訊いてみた。すると、深沢七郎は、自分が飼っていたエルというボクサー犬に子供を産ませたくて、雑誌で婿を募集し、同じくボクサー犬を飼っていた友達のお母さんが連絡して、アルボは種づけをするため、ラブミー農場にしばらく行っていたらしいのだ。その後、子供が生まれ、アルボは戻ってきたが、深沢は友達のお母さんに、ラブミー農場に遊びにきて欲しいとか、夢屋ができたから来てくださいと、律儀に手紙を出していたという。友達のお母さんは「おじさんには興味がない」と、遊びに行かなかったらしいが、その話を聞いたとき、面会謝絶とかお土産は持ってくるなとか、後年の偏屈な面ばかり際立っていた深沢のイメージが逆転した。

それにしても、「庶民ぶりっ子」などと勝手に命名しておいて、いまさらながら、もし深沢が生きていたら、怒られるだろうなぁ、面会謝絶で、会ったらドスを抜かれるかもしれないぞ、などと思い、少し怖くなってきた。

でも、本書を読みながら、いつものように深沢七郎にツッコミを入れていくのが、やはり嬉しくて楽しい。とにかく、このようなおっさんは、もう地球上に現れることはないだろうから、今後も噛みしめるようにして、読み続けていきたい。

（いぬい・あきと　作家）

編集付記

一、『流浪の手記』は一九六三年八月にアサヒ芸能出版より刊行された。その後、六七年三月に増補され徳間書店より単行本が、さらに八七年十一月に徳間文庫版が刊行された。

一、本書は徳間文庫版を底本とし、改題したものである。ただし、小社刊『言わなければよかったのに日記』と重複する「思い出多き女おッ母さん」「思い出多き女おきん」は割愛し、単行本未収録作品三編と差し替えた。三編とも筑摩書房版『深沢七郎集』第七巻（一九九七年刊）に拠った。

一、本文中、今日の人権意識に照らして不適切な語句や表現が見受けられるが、著者が故人であること、刊行当時の時代背景と作品の文化的価値を考慮して、底本のままとした。